GOBOOKS
& SITAK
GROUP©

GOBOOKS & SITAK GROUP©

三日月書版

三日月書版

小丑魚 著
炬太郎 繪
5
怪談病院
PANIC!
輕世代
FW295
三日月書版

怪談病院 PANIC!

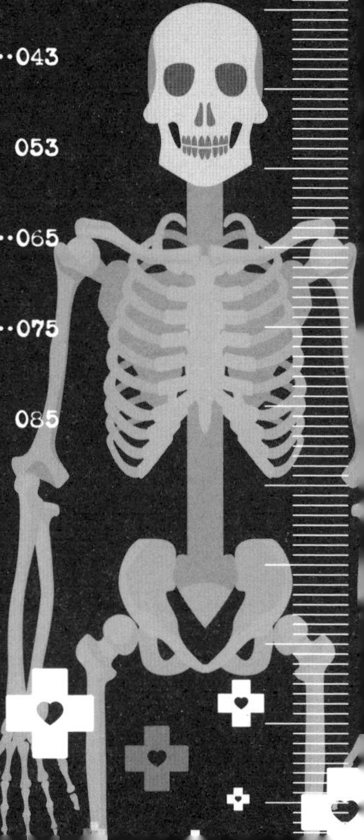

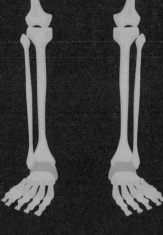

目錄

CONTENTS

CHARACTER FILE

玄罡

身分：地府的鬼差組長
性格：死要錢
愛好：錢

Profile

全身上下華麗閃亮，具備天怒人怨的帥氣度、渾身上下散發著尊爵蓋世的貴族氣質，完全不輸當紅偶像明星，擁有深不可測的能力，特徵則是，舉手投足都要錢，與依芳有著不尋常的關係。

CHARACTER FILE

依芳

身分：新進護士
性格：安靜內斂
愛好：睡覺、偶像劇

Profile

綠豆的學妹，家有天師阿公卻對玄學相當兩光，雖然具備某些天師特質，但是對於靈異事件相當冷漠，沒有耐性又不可靠，不得已靠著零零落落的玄學知識闖天下。

CHARACTER FILE

孟子軍

身分：刑事組組長
性格：有正義感、善良
愛好：公仔、狗狗

Profile

人高馬大卻是動漫迷，且是愛狗人士，非常寵家中的黃金獵犬。對於不可思議事件有著強烈好奇心。在一次詭異案件中認識綠豆和依芳，進而見識到兩人異於常人的能力。

CHARACTER FILE

綠豆

身分：護士
性格：大而化之、熱心助人
愛好：帥哥

Profile

醫院的老鳥，依芳的學姐，常常熱心過了頭，總是拖著依芳下水，卻也因為一連串的事件激發了自己的潛能，不但具有陰陽眼，並且磁場與陰間的朋友相近，具備和鬼魂溝通的能力。

第一章　錯愛事件（一）

月黑風高的夜晚，烏雲遮去了大半天空，周遭霧濛濛一片，冷冷清清的街道上，只有稀疏人影，沒有任何人注意到二十五樓高的頂樓上，正站著一名身穿大紅色洋裝的女子……

冷冽的寒風颳疼她露出的每一吋肌膚、每一根神經，越是高處，那種冰冷入骨的寒意越加明顯，如同她現在已死的心境般，再也感受不到絲毫暖意。

女子的手中緊握著一張布滿皺褶、碎了又撕、撕了又再次拼湊黏貼的破碎照片，照片裡是一對笑得幸福洋溢的男女，背後的天空很晴朗，但是身為照片裡的女主角卻早已忘卻當初的快樂，如今只剩滿腔的怨，滿腹的恨……

想著男人日漸冷淡的態度，總是不耐煩地推開她，再也沒有甜言蜜語，甚至連好言好語都是種奢求。任憑她委曲求全，勉強自己對這樣的僵局視而不見，男人還是執意要她放了他。

女子看著街上閃爍的燈火，偶爾奔馳而過的汽機車，女子的嘴邊掛上悽愴的弧度，就算這世界少了她，也不會為此停止運轉，沒有人會為自己哭泣，最起碼……有個人不會為自己悲傷，或許還會因為她的離開而慶幸吧！

現在，她終於決定放手……

放手，對感情是種結束；但是無法熄滅的怒火，卻正要開始！

手中的照片隨風翩然飛舞，一抹豔紅的影子隨即一躍而下，劃破沉重的夜幕，引來恐懼的尖叫聲。

原本熄滅的燈火紛紛亮起，圍觀人潮也不斷湧現，就像觀看一部難得一見的驚悚電影，沒人知道這紅衣女子是誰，也沒人在乎她是誰。

這晚的夜，染上怨恨的鮮紅，久久不散……

牆上時鐘正滴答滴答地響動著，房裡除了輕微的鼾聲外，室內寂靜得彷彿連空氣流動聲都能聽見。

今晚和依芳正值休假，兩人打從下午開始進入冬眠期，直到夜幕低垂，交誼廳也高唱熄燈號，兩人的冬眠時間正式邁向第十二個小時。

「咿～咿咿～」靜謐的房間中，忽然傳來一陣弔詭的聲響。

朝著聲音來源望去，原來是綠豆憑著生物本能自動翻身，老舊的床板因此傳出晃動的聲響。

因為聲響而稍微張開眼睛的她，很快地又閉上根本睜不大開的綠豆眼，只是當閉上的那一瞬間，她又隨即飛快地陡然睜大自己的眼。

「怪了，剛剛怎麼看到模糊的紅影？」綠豆疑惑地自言自語道。

不過，她是個將近一千度的大近視，若不帶上眼鏡簡直跟瞎子沒有兩樣，會不會自己看錯了？

綠豆急忙拿起床頭的眼鏡，卻發現房內什麼都沒有，依芳還呈大字型地躺在床上，聽她的鼾聲平穩的和牆上時鐘的滴答聲一樣規律，綠豆才稍微安心了些。

她放回眼鏡，又緩緩地倒頭躺平，只是這下竟遲遲無法入睡，翻來覆去就是覺得胸口鬱悶，怎麼挪姿勢就是覺得不舒服。

不過綠豆最大的優點就是神經線會在下班時間自行中斷，一下子就將胸中的鬱悶丟到腦後去了，閉著眼的她開始胡思亂想，一會兒幻想和偶像玩親親，一會兒幻想自己的存款數字多出幾個零，正當她要漸漸進入夢鄉時……

一陣直竄全身的冰冷令綠豆清醒過來。

這回睜開眼，她確實看到了紅色的影子。雖然沒辦法看得太清楚，不過她確信自己的確看到紅色的影子飄過來又盪過去，一下子在書桌前徘徊，一下子又在浴室前飄移。

綠豆發誓自己絕對不可能看錯，眼前紅影的確會移動，而且……竟然還停在依芳的床前！

「吼！嚕嚕米這傢伙在搞什麼鬼？三更半夜不睡覺，又溜進來借衛生棉了嗎？」眼睛的餘光正瞄見枕頭方向，旁邊擺放的正是菜市場老闆一再拍胸脯保證，就算是死人都可以叫得醒的超大型夜光鬧鐘，上面才顯示凌晨三點半。

綠豆正想起身斥責嚕嚕米一番，到底什麼時候才要換掉她那一身紅的睡衣？剛剛的冷風八成是她走動時造成的氣流，老是這樣無聲無息地出現，到底想嚇死誰？

等……等一下！綠豆的腦海中猛然浮現疑問。

今天嚕嚕米不是要上三樓的大夜班？只要自己一放假，隨時都要有人力頂替她的位置，今天不正好排到嚕嚕米？

何況……這麼晚了，房間的門也鎖上了，對方是怎麼進來的？就算神經線中斷，這時也該重新連線了，她現在最在意的是——眼前的身影，真的是人嗎？

但是，鬼不是都很怕依芳的磁場？這裡只差沒擺放一尊佛像，不然這裡簡直和廟宇一樣的神聖了，除非「行不知路」，不然哪隻鬼會自找死路，闖進這裡？

話雖如此，綠豆仍窩囊地縮在棉被裡，嚇得連動也不敢動，別說起身，就是連伸手拿個眼鏡也不敢，只敢瞇著眼觀察那個身影到底要做什麼。

只見那紅影忽然動了一下，但綠豆實在看不清楚對方到底想幹嘛，如今這樣詭異的局面讓她連呼吸都不敢太用力，但是現在沒時間想太多，在這短短的幾秒鐘內，最後還是決定豁出去了，就算是搞錯也無妨，就怕萬一真的是「魔神仔」，依芳就真的要倒大楣了！

她正要出聲叫醒依芳，忽然依芳床邊的桌子劇烈搖晃起來，但最可怕的是——依芳竟然還在打呼！

現在都什麼時候了，她還睡得跟死豬沒兩樣？這女人真的是天師傳人嗎？生眼睛沒見過可以遲鈍到這種程度的傳人耶！依芳的阿公是不是已經找不到其他人選了？

第二章　錯愛事件（二）

桌子的劇烈晃動讓綠豆起來也不是、繼續躺著也不是，完全不知如何是好。

這時，桌子的抽屜一個個被抽出摔落地面，隨即一道紅光映上天花板，綠豆只見到模糊的紅光衝向依芳床前的紅影，隨即爆出淒厲的慘叫聲……

綠豆完全沒有時間細想，趕緊抓了眼鏡帶上，但是當她看清楚眼前所有的景象時，房內早已回復先前的寂靜，根本什麼都沒有，若不是抽屜還靜靜地躺在地上，綠豆一定會懷疑自己根本是在作夢。

一下床，她趕緊將房間內所有的燈打開，包括浴室燈、小夜燈和檯燈，甚至連藏在衣櫥裡面的手電筒都拿出來了，要不是外面的路燈太大支，不然她也會想辦法搬進來。

「依芳，妳快點醒醒！妳是嗑了整罐安眠藥，還是偷打單位的鎮定劑？現在都什麼情況了，妳還睡得著？」打開燈，有了安全感之後，接下來就是要把睡死的依芳挖起來。

沒想到依芳只是含糊地應了一聲，隨即又翻過身，繼續呼呼大睡。

依芳只要一旦躺上床後，若不是還有呼吸，不然還真以為她是死人，不論怎麼叫她都沒有反應，令人納悶平時一到上班時間，到底是什麼原因讓她像鬧鐘一樣準時起床。

「依芳，妳實在太誇張了！快點給我醒、過、來！」說時遲那時快，綠豆的無影腳狠狠踹在依芳的屁股上，上面甚至還殘留她的鞋印。

這下子，依芳果真睜開了眼，不過卻是相當危險地瞇成一條線，她以極度慢速撥放的方式坐起身，渾身充斥著無形卻強烈的殺氣，如果她的頭上再插上兩隻角，看起來跟惡魔也沒什麼兩樣了。

「妳最好有什麼比睡覺更重要的事，否則……我、會、殺、人！」打擾她睡眠者，死！

依芳的模樣比方才場景更讓人覺得恐怖，綠豆怕歸怕，還是急急忙忙地把剛才的事情說了一遍，不但口沫橫飛還外帶比手畫腳，不過她卻識相地把自己縮在棉被裡那一段跳過，而且一再強調她懷疑有「魔神仔」闖進她們房間了。

依芳聽得迷迷糊糊，等她聽完綠豆的描述，耐性也差不多快要磨光了！

「學姐，妳是千度大近視，妳的視線這麼模糊，燈光又這麼昏暗，妳能看到什麼鬼？拜託妳別為了作惡夢這種無聊小事把我叫起來，我昨天被阿長訓了一頓已經夠悲慘了，妳能不能讓我回床上繼續療傷止痛，以慰為我受創的心靈啊？」依芳在最後一句加了非常、非常重的語氣。

綠豆差點沒氣死，依芳搞不好要大難臨頭了，竟然還只顧著睡覺？

「現在人家已經在妳家門口引爆核子彈了，妳還睡個屁？搞不好有什麼不乾淨的東西是衝著妳來的，妳知不知道這有多危險啊！」

「別忘了，妳的魔神仔緣是上港有名聲，下港有出名，要找也不會找我啦！」

依芳沒好氣地拉上被子，顯然她一點都不想跟著起鬨，她壓根就不相信有什麼東西會衝著她來，若說是阿長衝著她，可信度還高一點。憑她生來的磁場和身上的護身符，怎麼可能有鬼自找死路？

「依芳，如果我在作夢，為什麼妳的抽屜會自己掉下來？我明明記得抽屜掉下來的那一瞬間，整個房間都亮起了紅色的光芒！」綠豆繼續在依芳的床邊叨念著，她鐵了心要讓依芳相信自己，就算要她坐在依芳的床旁一直念到天亮也無所謂，反正她現在也睡不著了！

不過，綠豆還沒打算端杯茶來潤潤喉，依芳卻猛然挺起自己的上半身坐了起來，「妳剛剛說什麼？抽屜？紅色的光？」

「對啊，妳自己看！」綠豆指著剛剛撿起來還收拾好的抽屜，現在橫躺在桌面上。

其實也稱不上收拾兩字，整個抽屜裡只有一枝看起相當老舊的破爛毛筆。難道……是那個抽屜？依芳趕緊跳下床，趕緊查證綠豆的話。

「硃砂筆的抽屜竟然會掉出來！」依芳驚呼一聲。

硃砂筆是當初玄罡借給她的神器，後來一直沒跟她要回去，所以就這麼放在抽屜裡。

若是沒必要，她也不會打開這抽屜，印象中這抽屜還上了鎖……

所以剛剛綠豆看到的紅光大作是硃砂筆的威力？那麼……是硃砂筆攻擊所謂的外來者？

「這麼說，若不是有邪物，硃砂筆是不可能有動靜的！妳果真沒看錯？」

依芳不相信地再問一次，只見綠豆像隻啄木鳥般地猛點頭。

這就怪了。

依芳百思不得其解，就算綠豆的磁場再強，也不可能違背既定的天地理論，畢竟依芳身上掛著護身符，除非是惡鬼等級以上的怨靈，否則一般的孤魂野鬼根本沒辦法靠近她。

雖然據地為王而侵犯他人的惡鬼是時有所聞，但是天地間一向秉持著「冤有頭，債有主」的原則，若是怨靈有冤在身，通常主動找上門只為兩件事——向當事者尋仇，或是找人相助。

但是聽綠豆的描述，這怨靈具有攻擊意圖，應該不是前來尋求幫助，不然硃砂筆也不會跳出抽屜保護她，但是她也不記得自己有得罪什麼人啊。

「妳真的沒看錯？會不會是妳自己在外面欠下的風流債？現在人家找上門了，只是妳沒戴眼鏡，所以以為對方是找上我啊？」打死依芳都不相信誰那麼好膽量，平白無故就想找她麻煩。

「天知道我也想來個風流債，我每天被阿長釘得要死，就已經沒有時間風流，加上現在物價上漲，沒有一樣東西買得起，何況是小狼狗？」她深深地嘆了口氣，似乎深感惋惜。

雖然依芳覺得好笑，不過仍搞不清楚到底怎麼回事，她和綠豆都不曾和人結怨，到底是誰找上門？又為了什麼事找上門？在一連串的問號之下，依芳的心底，終於升起陣陣的不安……

經過前一天晚上的驚悚洗禮，綠豆一連兩天都睡不好；反觀依芳，依然睡整天，完全不當一回事。

綠豆心想，自己若真的是粗神經，依芳豈不是沒神經？這傢伙把美好假期全都浪費在睡眠上，簡直是暴殄天物，不過仔細想想，將兩天的時間全浪費在疑神疑鬼上的自己，感覺更悲慘，還來不及感受假期的美好，人已經在單位了。

護理站一如往常住滿了患者，連張空床都沒留，所幸阿啪的帶賽功力到目前為止仍然呈現休息狀態，起碼今夜當班三人能平安無事地度過六個小時。

正埋頭拚命和病患的血管奮鬥的依芳不時注視著手上的表，眼看時間一點一滴地流逝，別說她還沒更換病患身上到期的管路，就連護理紀錄都還沒寫完，此時心底只能用無限焦灼來形容。

反觀一旁的綠豆，已經開始整理單位，只要阿啪不要發揮掃把星的威力，做好常規治療，就可以準備下班了。

「依芳，妳到底要摸多久？病患都快被妳搓下一層皮了，妳到底要不要下針？」綠豆實在看不下去了，每次遇到侵入性的技術，依芳不是鬼遮眼，就是鬼上身，怎麼樣都做不好，不然就是比別人多花一倍的時間。

感覺起來，依芳怕病人比怕惡鬼更甚。

「唉唷，我也想快一點啊，但還是要一點時間的嘛！」依芳額頭上都冒出細細冷汗了。

綠豆嘆了口氣，通常遇到這種時候，只能趕緊默默低頭幫忙找血管，一邊安慰自己，這種技術需要時間和經驗，千萬不要失控拿起針頭往依芳身上戳。

一抓起病患的手，一時誤以為握到北極空運來臺的寒冰，這也難怪依芳會頻頻發抖，這樣的溫度，血管都不知道沉到哪去了。

好不容易看見一條跟縫衣針差不多大小的血管，正準備下針時……

「綠豆——」一聲大喝在單位裡迴盪，充滿火藥味的氣息瞬間充滿空間。

綠豆在極為專心的狀態下受到驚嚇，一時控制不住身體，毫無預警地往前傾，隨即爆出淒絕的慘叫聲。

這時站在隔壁床幫患者做氣切護理的阿啪轉過頭一看，爆出笑聲，因為綠豆的手臂上「站」了一支留置針，而且相當戲劇化的「ㄉㄨㄞ」了兩下，顯然插針的深度和驚嚇程度成正比。

「誰啊？」刺痛感正火辣辣地燒灼綠豆原本就所剩不多的理智，她沒好氣地大聲問道。

依芳和阿啪就像剛剛嗑了一大包的搖頭丸，拚了老命地猛搖頭，尤其看見她拔出沾了血的留置針，模樣就像拿著凶器的變態凶手，兩人的腦袋根本就沒上螺絲一樣快速搖晃。

「綠豆，我問妳，妳最好老實回答！」肇事者正是樓下的周語燕，不知道她什麼時候跑了上來，盛怒的臉龐泛著粉嫩的紅暈，可惜她的嘴巴卻不如外表可愛，「爲什麼我看見妳坐在子軍的車上？」

聽見這種連續劇般的質問，別說綠豆，連依芳和阿啪都快嚇傻了。

完全和女人味扯不上邊……應該說，完全和愛情兩字絕緣的綠豆，居然坐上男人的車，這可是天大的八卦。

「綠豆，妳什麼時候跟孟子軍這麼好了？」

「學姐，我跟妳住在一起耶，居然連我都不知道你們有一腿了！」

阿啪和依芳也急著湊熱鬧，這可是勁爆的新聞，再怎麼說，孟子軍可是黃金單身漢，外型又不差，更是周語燕垂涎已久的肥羊，怎料到竟然半路殺出程咬金。

「妳們胡說什麼？我會坐他的車，是因為那天我睡在他家……」真倒楣，不過那麼一次就被看到，還是被家裡賣醋的周語燕抓包。

「睡在他家?!」別說周語燕，另外兩人也失控地大叫起來。

綠豆的手腳會不會太快？跟人家認識沒多久，已經直接睡在人家家裡了？看看她們之前還笑她的人生是黑白，看樣子綠豆的私生活根本非常繽紛啊！

綠豆的解釋越描越黑，周語燕的火氣也越來越高漲，從喉嚨深處跳出來的嗓音足以讓單位內所有昏迷的患者都清醒過來。

一旁的阿啪和依芳則滿臉期待地等待著綠豆鱉腳的答案。

「妳冷靜一點！這裡是加護病房耶！」面對風雨欲來的氣勢，一向打混過關的綠豆也難得地繃緊神經，嚴陣以待。

自從周語燕認定孟子軍是她的救命恩人厚，就開始各種糾纏他，看到他身邊有女性的黑影就猛開槍，此時的綠豆就是那個倒楣的黑影。

周語燕還算有良知，一把抓起綠豆，直接拖到備餐室，只要離病人遠一點，起碼聲音也可以大一些。等著看好戲的阿啪和依芳徹底拋棄同事情誼，沒有伸出援手不說，還跟上前期待續集。

「妳把話說清楚！」周語燕豐滿的上圍正激烈地起伏著，若不是因為她的性格實在不怎麼討人喜歡，不然她也算是可以帶出門的正妹。

「事情不是妳們想的那樣啦！那天是我睡在他的房間……」

睡、睡在房間！

阿啪和依芳瞪大了眼，綠豆這是打算一次把進度補完的意思嗎？

第三章　錯愛事件（三）

連房間這個關鍵字都出現了，眼前三人驚訝的模樣簡直像是從漫畫裡走出來的，尤其是周語燕，看起來像是隨時都有口吐白沫的可能。

「你們睡在一起了？我跟他表示這麼久，我連他的車門都沒碰過……」周語燕震驚的表情始終不變，語氣卻變得虛弱許多。

綠豆急得都快哭出來了，她們怎麼都不聽人家把話說完？那天她是被周火旺的小鬼嚇得魂不附體，人家才好心收留她一晚，這和感情完全扯不上關係吧？別人都可以蓋棉被純聊天，那天她睡房間，孟子軍睡沙發，他們的被子分開蓋，而且還分、很、開，到底有什麼好大驚小怪？

綠豆急著想解釋，周語燕卻轉過身，搖搖晃晃地離開了，孤單的背影看上去只有無限淒涼。

「喂！妳聽我把話說完──」

「妳不用叫了啦！照妳這樣解釋下去，只會讓她更火大而已。」阿帕倒是說出事實，綠豆這人平時瞎哈拉最厲害，一但遇到正經事，老是話都說不清楚。

「我們又沒什麼！怎麼說人家也應該喜歡辣妹。」綠豆不服氣地嘟囔著，她和孟子軍只不過是純友誼，為什麼她們都不相信？

「這也很難說，青菜蘿蔔都有人愛，我記得聽妳說過孟子軍很喜歡哆啦A夢，我想妳比較算是他的菜。」依芳不冷不熱地回嘴，就是這副嘴臉常讓綠豆一股怨氣憋在心底無處宣洩，偏偏老是沒辦法回嘴，而且她一時搞不清楚依芳這番說詞是褒是貶。

「現在妳最好祈禱周語燕不要想不開，現在殉情的人多的是，像昨天外科收了一名跳樓自殺的女子，還上了報紙的頭條，妳知道現在很多報紙都不打馬賽克，害我差點把肚子裡的食物還給早餐店老闆娘。」阿啪走回病患的床邊，不忘繼續幫病患找血管。

「自殺？上次周語燕直接跑到庫房送死後，我想她應該不敢隨便拿自己的生命開玩笑了。」綠豆一臉鄙夷，不過她的注意力隨即轉了方向，「不過妳剛剛說的那名殉情女子我有印象，送來時已經DOA（到院前死亡）了，聽說是妳們學校畢業的學生，算算年紀也應該跟妳同屆，好像是幼保科，職業是幼稚園老師！」

明明話題在綠豆身上，她卻巧妙地轉向了殉情的陌生女子。

「我們學校？幼保科？她叫什麼名字啊？」

難得引起依芳的注意，她是很少關心八卦的外太空生物，如今卻少見地主動關心。

阿帕一見依芳也加入話題，立即熱心地提供答案，「好像叫歐陽霂姍！因為她的姓氏很少見，所以我有點印象。」

「歐陽霂姍?!不可能吧！」依芳的臉一陣青一陣白，心中暗自祈禱心裡千萬不要是她腦海中浮現的那一個。

不過阿帕也說到重點，這麼少見的姓氏，一所學校裡要找出兩個同名同姓的機率能有多高？

綠豆發現依芳的臉色有異，忽然兩眼發直，「妳……該不會認識她吧？」

忙著和血管搏鬥的阿帕抬起頭，將目光掃至依芳，她和綠豆的臉上同時出現錯愕兩個大字，怎麼她們一開始沒想到這個問題？

「也談不上認識，只是在學校的幹部會議上遇過幾次。」依芳惋惜地搖了搖頭，心情低落起來，「如果我們講的是同一個人，那麼我實在很難相信她會為情自殺，她以前在學校是風雲人物，是我們學校的校花，想追求她的人如過江之鯽，多得數不完。」

「校花？」另外兩人差點被自己的口水嗆傷，看到報紙上爆腦漿的照片，實在很難想像她生前的模樣是校花。

「校花還會想死喔？她如果看到長的跟猴子沒兩樣的阿啪活得這麼逍遙自在，應該就會打消自殺念頭了吧？」綠豆指著忙碌的阿啪，嘴巴對著她就是沒好話。

「欸欸欸！我這是知足常樂，何況我又不是腦袋不清楚，怎可能為了男人去死？」

「聽急診的學姐說，她當時身穿紅衣，而且連指甲、口紅、內衣褲，甚至連高跟鞋和絲襪全都是紅色……」綠豆一向是院內的包打聽，任何大大小小的消息都躲不過她的順風耳。

「全身紅色？」依芳誇張地叫出聲，「誰都知道穿紅衣自殺的目的就是要變成厲鬼，好找生前的仇家報仇。也就是說，她是打算用死亡來懲罰對不起自己的人！」

綠豆和阿啪也從老一輩的嘴裡聽過相關的故事，據說這樣的做法源自桃花女鬥周公，歐陽霖姍全身紅的這麼徹底，顯然報仇的意志堅不可催，只是她未免太傻，為了感情卻做出這種蠢事？

「女人對感情的執著真可怕，還好……」

啪！綠豆話都還沒說完，單位內忽然一片漆黑。

重症單位最怕停電，一但停電，病患賴以維生的機器都有停擺的可能，為了因應這種特殊狀況，機器通常有續電功能，醫院也有緊急供電系統。

「院內用電量過大而跳電了嗎？」阿啪離開病人床，慶幸早一秒將留置針打上了，不然她再厲害也不可能在摸黑的狀況下完成。

「發電機等等就啟動了，再等一下就好。」綠豆鎮定的語氣多少讓另外兩人安心許多，「先觀察病患的狀況，檢查機器有沒有異常……」

嗶嗶嗶！嗶嗶嗶！嗶嗶嗶！尖銳的聲響在漆黑中迴盪，三人就像雷達一樣敏銳的找尋聲音來源。

通常機器有續電功能，即使停電也能正常使用，另外一種狀況就是舊型機器無法承受突發性的斷電，會讓機器瞬間關閉之後重新啟動，但是之前的設定全都消失，為了提醒醫護人員重新設定，通常會發出尖銳刺耳的聲音。

「二號床！」三人不約而同地喊出床號。

重症單位對於警鈴聲總是特別警覺，縱使身處光線有限的環境，仍能以聲辨位。

每位醫護人員身上幾乎都會隨身攜帶掌上型的迷你手電筒，綠豆也不例外，趕緊依賴微弱的光源，與依芳和阿啪一同上前查看病患狀態。

綠豆急忙檢查機器設定是否因為斷電而造成錯誤，正當她一一確認所有的數據時，忽然全身一僵，以非常不自然的動作往阿啪和依芳的方向照明。

「綠豆，妳以為現在參加演唱會嗎？還把手電筒當螢光棒來揮舞喔？」站在病床另一邊的阿啪只能看見眼前正出現劇烈搖晃的刺眼光線，忍不住出聲斥責，以往綠豆再怎麼不正經，也絕不會拿病患的安危開玩笑。

在臨床上對任何突發狀況都相當緊張的依芳，總是將所有的注意力放在病患身上，直到阿啪出聲，她才納悶地抬頭往綠豆的方向看了一眼，當下還搞不清楚綠豆到底在玩什麼花樣，不過感覺光線擺動的頻率有種說不出的怪異。

該怎麼說呢？這種擺動的方式，依芳有種備感熟悉的親切，這不就和自己拿著留置針的時候一模一樣。

「妳……妳們……都站在這裡？」

依芳和阿啪面對著朝眼睛直射的刺眼光線，完全看不清綠豆的表情，她的聲音從幽暗的另一端，緩緩……傳了過來。

「廢話，不然要我們站在哪裡？」阿啪不耐煩的回嘴，現在起碼已經過了五分鐘，怎麼電還不來？照理說只要一斷電，醫院的危安機制會立即啟動，發電機也會在同時間執行功能，不至於拖這麼久。

只是阿啪和依芳卻在這時感覺不大對勁，源自她手中的光線與其說是擺動，不如說是震動更貼切。

綠豆到底在搞什麼鬼？

「妳們都站在病床的床頭，那……是誰抓住我的腳？」

怪談病院
第四章　錯愛事件（四）

綠豆的疑問句猶如一顆威力十足的手榴彈，阿啪和依芳第一時間的反應就是驚恐地後退一大步。

欸欸欸！這兩人是怎麼回事？居然站得這麼遠？綠豆腦海中不禁浮現「世態炎涼」四個大字。

「現在別開這種低級的玩笑……」阿啪的抖音比平常唱臺語歌時還明顯，不過唯一令人安慰的是依芳今天有上班，「妳自己低頭仔細看看，搞不好是錯覺。」

「錯妳個頭！說得這麼輕鬆，怎麼妳自己不低頭看清楚？」眼前這兩個人躲得飛快是怎樣？不伸出援手就算了，還說風涼話？

綠豆能感覺到一股刺骨的寒氣緊貼著小腿不放，就連移動都有困難，這樣的感覺怎麼可能假得了？

啪！一聲要命的聲響再度響起，居然是綠豆手上的手電筒也熄滅了。

「天啊！不會這麼巧吧？黑暗兩字不嚇人，一黑起來嚇死人，能不能別挑現在出問題啊？」真是屋漏偏逢連夜雨，不知道該說綠豆命中帶衰，還是她天生帶賽，在完全失去光源的情況下，就算她有陰陽眼，一樣什麼都看不見。

綠豆腦中頓時浮現一大堆恐怖的靈異畫面，雖然她遇過的驚悚畫面絕對比百分之八十的活人多上許多，但這不代表她很習慣，為什麼好兄弟就是不肯放她一馬啊！

「妳們還在發什麼呆，快出人命了啦！」綠豆急得大叫，別說見鬼了，光是想像就夠她折騰了。

「喔，那我的手電筒借妳。」依芳將手中的手電筒朝著綠豆一拋，在空中劃下一道非常完美的拋物線，但是她忘記一件事了——

她的手電筒屬於按壓式，只要一鬆手，光線就會消失。

「好痛！」

一聲慘叫後，物品摔落地面的碎裂聲傳來。

「林、依、芳！」綠豆摸向額頭，一塊小小的突起，還帶刺痛，「妳可以再天兵一點，我連自己的手指頭有幾隻都看不清楚了，妳要我摸黑接個屁啊？」

綠豆真想隨手拿個東西丟過去，但是就怕順手把病患身上的管子拔起來，只好認分地按兵不動，嘴巴卻仍是停不下來。

「現在兩支手電筒都掛了，只剩阿啪手上那支了，我整隻腳都卡住了，快點幫我看看！」綠豆的語氣聽起來像是準備要殺人了，在視線不清的黑暗空間裡，讓人徒增許多恐怖想像。

「依芳，妳快點去幫忙看看！快點！」阿啪趕緊推了依芳一把，還硬塞手電筒給她。

「為什麼是我？」依芳不高興地皺起眉頭，為什麼認為她理所當然就要出面處理這種事？她也是人生父母養，也會害怕耶！

「因為我們的阿公不是天師，這理由夠充分了吧？」若不是因為阿啪過於害怕而改用氣音，她早就在依芳的耳邊尖叫了。

依芳一點辦法也沒有，雖然很不甘願，不過還是認命地抓起脖子上的護身符，小碎步地走至綠豆身邊。

只是當她靠近綠豆才發現，綠豆就站在機器和病床之間的小空隙，根本容納不下第二個人，依芳只好隔著機器，萬般艱辛地用手電筒向前隨便掃了一下。

「看到什麼了？」綠豆嘗試著想抽出自己的腳，卻怎麼樣也動不了。

「沒看到什麼啊。」依芳的手又往前伸了一小段距離，只是她打從心底納悶，就算光線再微弱，也不至於什麼都看不見吧？

「怎麼可能沒看到什麼？妳別故意趁這時候摸魚喔！」綠豆已經激動地口不擇言了，「這支手電筒是拿來照明的還是照暗的？這種亮度能看到什麼鬼東西嘛！」

鬼東西？阿啪雖然感覺到這一切很不對勁，也明白綠豆平時雖然老愛開低級的玩笑，不過她隱約明白綠豆這一回是玩真的，尤其從她口中吐出這個關鍵字，更是無條件加深她內心的惶恐，打從綠豆勇闖陰陽界之後，怪事從來沒間斷過，若不是現在經濟不景氣，工作實在不好找，不然她真想辭職回家去！

「依芳，妳……妳再看仔細一點……」阿啪已經在心底默念大悲咒、金剛經，有了先前的教訓，特地牢記經文，偏偏一緊張，所有經文在腦袋裡打轉，還是念不出來。

此時的依芳有種騎虎難下的窘境，她多想說不要，她現在遲疑只是皮癢，但是萬一她真的拒絕，恐怕往後上班就知道皮痛了。

依芳再次重重地嘆了一口氣，既然蹲在床邊什麼也看不見，只能小心翼翼地往床底方向移動，幾乎用爬地鑽進床底。只是在她的認知中，病人床全是設計成單人床大小，怎麼她一進床底，卻感覺空間比印象中還大上一倍？

這下，就算依芳再怎麼不願意承認，都無法否定床底下有古怪了。

難道這也是她的錯覺？一但空間加大，手上那支超級微弱的手電筒根本起不了多少作用，能見度頂多只有一隻手臂長。

依芳不自主地感覺到渾身雞皮疙瘩都豎起來了，在這麼昏暗的狀況下，唯一的辦法只能繼續匍伏前進。

一望無盡的黑幕裡，安靜得只聽見自己的心跳聲和越來越沉重的呼吸聲，另外兩人緊張地連大氣都不敢喘一下，整個空間裡瀰漫著一股詭異的氛圍……

「依芳！」完全的死寂之下突然爆出綠豆的叫聲，而且還是叫魂似的叫聲，「妳唱首歌好了，讓我們知道妳還活著，我們也安心一點！」

唱歌?!要不要順便幫她點歌啊？依芳差點沒氣死，現在她的嘴巴忙著想飆髒話，哪來的時間唱歌？她又不是綠豆，不論任何情況都有本事引吭高歌，而且什麼歌都能唱，她記得當初綠豆連國歌都能唱得舉國歡騰、普天同慶。

「我活得好好的，只要妳不要一天到晚出狀況，我相信自己可以活很久！」依芳不耐煩地在床底下回嘴，高舉著手電筒直發瘦，好不容易終於看見綠豆的腳踝，隱隱約約發現腳踝上纏著一條電線。

「他媽媽的勒！妳的腳勾到電線啦！」依芳當場爆出平常總是憋在心裡的不雅字眼，若不是床底下的空間有限，不然她超想怒摔手電筒，「哪來的手？妳是鬼片看太多？還是嫌我上班太輕鬆？」

電線？綠豆這時才鼓起勇氣彎下腰一摸，果然摸到一條電線正纏住自己的腳踝，難怪自己動彈不得。

綠豆尷尬地嘿嘿笑了兩聲，沒想到會是這樣，難道一切都是她太多心了？但是先前那種說不出的詭異觸感是如此真實，難道自己真的有本事憑空捏造出這樣的感覺？還是她經過一連串驚心動魄的體驗，導致神經線鎖太緊而顯得過於神經質？

依芳狼狽地爬出床底，正想開罵，手上的手電筒不經意掃過阿帕，忽然發現她的臉色相當不對勁，彷彿看到了什麼不該看的東西。

「阿帕學姐，拜託妳別跟她一樣疑神疑鬼，妳們隨便喊一聲，跑腿的人都是我欸！」依芳爬起來怨聲載道地猛跳腳，光是綠豆一個人就夠她忙了，阿帕千萬別在這時跟著湊熱鬧。

「怎麼了？妳們那邊怎麼回事？哎唷，電怎麼還不來？要不要打電話去工務組問一下？」綠豆始終覺得耳邊有股冰涼的氣流，讓她渾身起雞皮疙瘩，但是現在急忙的想掙脫腳下的電線，沒時間注意其他，現在光憑跟螢火蟲差不多強弱的光線，實在難以辨識眼前景象，而且這電線怎麼這麼難掙脫啊！

「綠豆，妳……妳今天上班有帶耳環嗎？」阿帕沒有正面回答綠豆的問題，聲音抖得更厲害了。

「妳第一天認識我嗎？我又沒耳洞，戴什麼耳環？」綠豆的聲音越來越急躁，怎麼感覺電線越纏越緊？這是怎麼回事？

「可是……可是我剛剛看見妳的耳朵……有東西在晃！」阿帕的聲音聽起

來像是快哭了，現在顫抖的不只是手，包括全身的每一個關節，她甚至聽見骨頭打架的聲音，只因為方才依芳一爬出床底，瞬間的光亮讓她看見隱約的殘影，雖然亮度不高，但是她確實看見有影子在綠豆耳邊晃蕩。

耳環？搖晃？依芳和綠豆的心臟頓時漏跳一拍，通常醫院明文規定，上班時絕對不可佩戴垂墜式耳環，何況綠豆連耳洞都沒有，有什麼東西可以在她耳邊搖晃？

「阿……阿啪，猴子可以亂吃香蕉，話可不能亂說……」綠豆的舌頭已經快打結了，甚至感覺兩耳越來越冰涼，現在「暗摸摸」狀態就讓她自己嚇自己的情緒高漲至最高點，阿啪認為現在的環境還不夠嚇人嗎？

依芳雖然看到綠豆腳纏電線的那一瞬間是極度的不爽，但是空間裡面奔流的詭異氣息卻越來越明顯，讓她不得不往最壞的方面去想，趕緊將手中的手電筒掃向綠豆。

「碰！」當燈光掃向綠豆時，阿啪竟然完全無預警地昏倒在依芳腳邊。

第五章　錯愛事件（五）

「現在到底是怎樣？是阿啪怎麼了嗎？」綠豆聽到有人倒地的聲音，全身血液立即翻滾沸騰，名叫恐懼的浪潮瞬間席捲她所有理智，若不是腳上的電線纏著她，她早就在第一時間落跑了！

偏偏現在環境所逼，根本就動彈不得，她連回頭一探究竟都沒有勇氣，只能瘋狂的追問依芳。

「那個……」依芳表情尷尬地解釋著，「沒、沒事！阿啪學姐只是血糖太低，暈倒了……」

「低妳的大頭鬼，阿啪剛剛才嗑了一顆肉粽，妳要找理由也應該是血糖過高吧！」綠豆在內心大喊，自己為什麼偏偏就記得這種事啊，「依芳，妳現在最好別又來裝死這一招，妳看見什麼就跟我老實說，從妳的聲音聽來，想跟我說什麼都沒看見，簡直就是在污辱我的智商！妳說，我的耳朵上真的掛了耳環？」

依芳眨了眨自己的水靈大眼，懊惱猛然撞見這一幕實在過於怵目驚心，完全來不及做好心理準備，不然以她的撲克臉，怎麼會露出破綻？

「不是……不是耳環。」她指著綠豆的上方，一臉痴呆地搖搖頭，「飄在空中的兩隻腳正好各在妳的左右耳搖盪，阿帕學姐看到的耳環，其實是腳掌……」

飄浮在綠豆上方的只有膝蓋以下的赤裸兩隻腳，成半透明狀卻能在黯淡的空間中發現黑得發紫的膚色，兩隻腳就像是晾在竹竿上的隨風飄蕩的衣服，只是……密閉空間裡哪來的風？

媽呀！拿腳掌當耳環會不會太新潮了一點？綠豆開始感覺到自己不是血糖高，而是血壓高，搞不好現在的指數會衝破血壓器的水銀柱，而且此時此刻不只感覺兩耳冷冰冰，全身上下都像是急速冷凍，寒得都失去知覺了。她不由得開始羨慕昏迷不醒的阿帕，起碼她不用面對這種精神折磨。

綠豆開始瘋狂的想抽開被電線纏住的右腳，嘴裡尖叫著：「他想幹嘛？現在是啦啦隊的疊羅漢表演嗎？我沒有舞蹈細胞，也沒有運動細胞，能不能叫他去找別人？」

綠豆完全不敢抬頭，怕自己看到噁心的畫面，只想儘快擺脫電線，遠離這個地方。

她的心越急，腳上的電線纏越緊，怎樣都無法移動，「依芳！依芳！依芳——」腦袋沒辦法工作時，只剩下嘴巴還有功能，只能扯開喉嚨呼叫。

「好啦！我已經在準備了，妳不要吵啦！」依芳早就拿出黃符紙，正準備咬破自己的手指時，就聽見綠豆堪稱完全喪失理智又毫無意義的喊叫，完全無法靜下心來完成符咒。

依芳這麼一聲大喝，總算讓綠豆在第一時間收聲，好不容易圖個清靜的依芳，正準備繼續埋頭完成手中的符令時，卻發現一手拿著手電筒照明，一手拿著黃符紙，哪來第三隻手畫符咒？

「依芳——」淒厲的尖叫聲再度響起，而且分貝提高兩倍，重點是……綠豆的聲音怎麼有移動的感覺？

依芳緊抓著迷你手電筒往綠豆的方向一照，咦……綠豆怎麼不見了？依芳的眼皮開始狂跳，不祥的預感也越來越強烈，綠豆就算掙脫了電線，也會跑向唯一有光線的地方，就算綠豆的思考邏輯稱不上正常，好歹也該有生物的求生本能吧？

唯一令人慶幸的是，綠豆那恐怖的尖叫聲就和便利商店一樣二十四小時不打烊、不休息，依芳不得不佩服她的肺活量驚人，起碼聽見聲音知道人還無恙，只是她的聲音環繞四周，一時真不知該從何找起。

「電線……電線活過來了啦！」綠豆的聲音破天荒的有些沙啞，可見這回真的叫得非常用力，「我剛剛被拖到床底，現在還在拖，我現在還感覺到臉上有風颳過……哎唷……我不知道我現在在哪裡，只覺得我現在像是電視裡面被馬拖在後面翻滾的蘿蔔還是菜頭……哎唷……哎唷……」

蘿蔔？菜頭？這是什麼爛比喻？不過依芳現在沒有時間干涉綠豆的遣詞用字，聽她叫得這麼悽慘，先把人救出來要緊。

眼看時間緊迫，依芳卻完全喪失方向感，連平時的床旁桌也找不到，急得抱頭原地轉圈，完全不知如何是好。

「依芳，妳……唉唷……妳到底是……哎唷……好了沒？我感覺自己的鼻子都快磨平了……唉唉唉……」才安靜一分鐘的綠豆又開始鬼叫，她只覺得自己在永無止盡地翻滾，腿都快和身體分家了。

「那個……我只有兩隻手，還要拿手電筒，這裡又找不到桌子，沒施力點怎麼畫符咒？符咒也是一種藝術，一絲一毫都不能出差錯，一但畫歪了都沒效果……」依芳像是做錯事的孩子，拚命解釋。

「吼！妳不會把手電筒咬在嘴裡？電影不都是這樣演？」如果不是現在忙著翻來滾去，她必定會衝上前在依芳的胸口留下腳印。

「咬在嘴裡？」依芳大驚失色，毫不客氣地回嘴，「醫療手電筒多多少少沾了病毒，比大便還要髒，如果是妳，妳會把大便塞在嘴裡嗎？」

「人命關天耶！我和大便，哪一個重要？」綠豆已經氣到口不擇言，生平第一次聽見有人拿自己跟大便比較，「妳現在……」

「噓！安靜！」依芳忽然爆出又急又快的語氣，令喋喋不休的綠豆不自主地閉上嘴。

「不准搶我的男人……誰都不能搶……誰搶我的男人，我就要她死！」一道異常尖銳的陌生女聲傳來，不光是依芳，連滾動中的綠豆也聽得一清二楚。

男人？什麼男人？誰搶了誰的男人？一連串的問號浮現依芳心頭，聽這憑空出現的語氣雖然細微，但是不難聽出帶著滿腔的怨恨和怒火，萬一她要找的對象真的是綠豆，綠豆就真的有危險了！

「妳撐著點，我請神明護……咦……」

啪！啪！啪！依芳還來不及請神，單位內的日光燈一盞接著一盞亮了起來，習慣黑暗的雙眸霎時受不了刺激，出自反射地閉緊了雙眼，完全無法反應。同時，綠豆那令人難以忍受的尖叫聲，也隨著燈光的出現而消聲匿跡。

「大膽幽魂，見我等鬼差前來，還不現出原形，乖乖束手就擒！」低沉有磁性的嗓音，帶著凜凜威風的語氣而來。

只見東面牆上漸漸浮現一抹頎長而絕佳比例的身形，筆直的黑色西裝褲襯托出雙腿的修長，柔軟而沒有一絲摺痕的深藍色絲綢襯衫正隨意地敞開兩顆鈕釦。

再看得仔細一點，就能發現襯衫下完美的胸肌線條和隱約的性感，舉手頭足間流露出王子般的優雅與雍容華貴，當他那宛若精品而毫無瑕疵的完美臉龐浮出牆面，天地也為之屏息……

玄罡！依芳和綠豆不約而同在心底熱烈歡呼，光聽聲音就知道是他了！只要有玄罡在，一切搞定。

依芳適應了燈光後，一睜眼就瞧見玄罡好整以暇地擺出專業模特兒的姿勢，悠哉地吸了一口煙，見到依芳回過神，還不要不緊地揮揮手道：「嗨！」

嗨什麼嗨？現在是打招呼的時機嗎？依芳無言地望向四周，完全沒見到任何異狀。

奇怪，依照連續劇模式，現在應該要展開鬼差大戰怨鬼的戲碼了，怎麼一點動靜都沒有？難道說玄罡一伸手就將對方收服了？

「那隻鬼呢？」依芳納悶地問。

「喔，跑了！」玄罡一派輕鬆的回答。

「不用追嗎？」

「她跑得很快，應該追不到。」

「這是鬼差該說的話嗎？」

「我可以換種方式回答，錢可以讓我加速，就算要我飛天遁地都可以。」

「這是身為兄長該說的話嗎？」

「我還可以換另外一套說法，現在不屬於上班時間。」玄罡依然掛著玩世不恭的笑容，臉上完全看不出有任何的愧疚。

「這是有良心的人會說出口的話嗎？」

「我是鬼差不是人，如果對我的答案不滿意，我還有其他說法……」

「喂！你們到底還有幾套說法沒說完？難道你們都沒發現少了一個人嗎？拜託你們行行好，我還被困在床底下，能不能先把我拖出來再進行你們的兄妹對話？」綠豆在床底下暴跳如雷地大喊。

她的腳還纏著電線，唯一差別是她呈現靜止狀態的仰臥狀，不是表演前滾翻翻完又後滾翻的行進式高難度動作。

玄罡優雅地蹲下身，看了床底的綠豆一眼，嘴邊帶著戲謔而不可一世的笑，隨即輕輕一彈指，腳上緊纏不放的電線「啪」一聲斷成兩截。

依芳趕緊將她從床底拖了出來，綠豆才狼狽地爬了起來，只是她感覺到自己的腳怎麼有點軟，好像站不太穩……

「玄罡，正好你出現，不然我還以為自己死定了。」綠豆拍拍胸口。

「老哥，你平時不是要當差嗎？今天為什麼會出現在這裡？」依芳對於玄罡的出現感到相當疑惑，難道他是特地來幫助她的？依芳想了想，毫不猶豫地搖了搖頭，這一點也不像他平時的作風。

依芳的問題也是綠豆感到納悶的地方，玄罡一向死要錢，如果不拿大把的銀紙在他面前燒，他是不可能出現的，今天到底吹了什麼風，能讓他停留這麼久？

怎知玄罡卻是破天荒地臉紅了，支支吾吾地小小聲說：「其實……其實也沒什麼，只是上面要求我放長假，我已經放好幾天了……」

「放長假？」依芳和綠豆瞪大了眼，同時說道。

「現在經濟這麼不景氣，你們陰間也被掃到了喔？現在到處都在放無薪假，該不會你也是受害者吧？放長假的意思不就是要你回家吃自己嗎？」綠豆激動地又叫又跳，一時搞不清楚到底是誰被放長假，也不明白經過一番折騰之後哪來的力氣。

「什麼吃自己？那麼難聽……」難得玄罡窩囊地自言自語，少了平日的氣勢。

第六章　錯愛事件（六）

依芳同樣也是焦急萬分，她的老哥這麼優秀，究竟犯了什麼滔天大禍，淪落到今天的下場？

「其實這也不能怪上面，唉……都怪我……都是我的錯……」玄罡悠悠地嘆了一大口氣，一臉惆悵地緩緩搖著頭。

「都怪我……都怪我長的太帥了，地府裡有太多女性鬼魂都為了我而不肯去投胎，還成立我專屬的後援會，搞得現在地府大塞車，孟婆湯滯銷嚴重，現在地府簡直要暴動了，所以……沒有辦法，只好先讓我放長假，等下面的鬼魂疏通之後再回崗位。」

聽完原因後，依芳和綠豆只能像兩座雕像僵在原地，無法動彈，良久……良久……

「那……那也沒關係，趁你放假的時候，可以好好保護依芳……和我！」好不容易找回舌頭的綠豆還是相當高興能常看見玄罡，雖然他不是人類，不過看著賞心悅目，美化一下環境也不錯。

「這是當然的！」玄罡相當豪爽地點頭附和，「現在沒有任何事可以打斷我想陪伴妹妹的決心，我和依芳分開這麼久，從來就沒有時間可以好好相聚，這次說什麼也要把握機會……」

玄罡還沒說完，忽然拿出口袋裡的手機，上頭浮雕著龍圖騰，機身閃耀著金光，單位裡面也差不多用不著開燈了，假設依芳剛才拿著這隻手機，就用不著可憐兮兮地拿著迷你手電筒充場面了。

「什麼？要我現在立刻回去？這件事情非得我回去處理不可嗎？我現在正在休假……事情很大條？有多大條？你知不知道現在是我陪伴妹妹的寶貴時間？」玄罡看著依芳，帥氣地眨著眼，表明自己的妹妹最重要，沒有什麼事情可以阻止他和依芳相處的珍貴時光，一分一秒都不行！

「什麼？有額外獎金？還有加班費？」玄罡瞇起眼，臉上盪漾著完全不同的神采，手上不知不覺又出現一根菸，徹底地回到先前的痞子風，顛覆方才好哥哥的形象，「加多少？這麼一點錢，當我是跑龍套、還是臨時演員？不行不行！要再加碼，不然免談！」

玄罡跟人談價錢的時候，簡直就像是坐地起價的奸商，他明明就是地府裡的鬼差，了不起也只是裡面的小組長，為什麼聽他的口氣，好像銷假回去上班還需要利誘啊？

結束電話後，玄罡轉過頭，有些尷尬地說：「依芳，枉死城裡面的冤魂正在作亂，我必須帶兵去鎮壓，恐怕又有好一陣子沒辦法來看妳了……」收起手機的玄罡仍然是一臉痞痞的微笑，一點也看不出準備上前線的警戒狀態。

不會吧？才待不到十分鐘又要回去了？她的美化環境計劃徹底破局了啦！綠豆哀怨地悲嘆著。

依芳斜眼看了玄罡一眼，以鄙視的語氣道：「剛才不是說好哥哥要陪伴妹妹？」

「好哥哥也是需要過日子的，尤其好哥哥的日子搞不好比妳的三輩子還長。」玄罡說得理所當然，徹底推翻先前的說詞還面不改色，一臉寵溺地摸摸依芳的頭，但是兩人磁場不同，完全接觸不到，頂多做做樣子。

依芳瞪了他一眼，嘴裡嚷著：「快走快走！免得到時你被開除了，到頭來還要靠我養你！」

「依芳，下次再見囉。」玄罡帥氣地揮揮手，身影漸漸消失。

「依芳，妳就這樣讓玄罡走了？我們都還沒搞清楚到底發生什麼事，妳不覺得我們應該多關心這件事？」綠豆擺明將捨不得三個大字貼在自己的印堂上，她在意的不完全是事情真相，而是希望玄罡能多停留一會兒。

依芳則是指著地面上癱平的物體道：「呃我……覺得……還是多關心一下阿啪學姐比較好……」

她們都忘記躺在地上的阿啪了！

阿啪清醒過後，直嚷著做了一個好可怕的惡夢。

綠豆和依芳爲了避免麻煩，乾脆將錯就錯，順著阿啪的話說，當作什麼事也沒發生過，心想只要能安然下班就好。

可惜人生有很多事情無法盡如己意，原本下班時間一到，三人約了樓下的嚕嚕米打算一起迎接早晨，準備到醫院隔壁的早餐店大打牙祭，怎知護理長卻風塵僕僕地趕到單位，第一件事情就是把他們召集到會議室。

護理長一如往常地坐在會議室的大位，臉上高掛著狐狸的微笑，看得綠豆、阿啪、依芳和嚕嚕米是膽戰心驚，就怕有什麼悲慘的事發生。

「妳們四個，這次院慶就派妳們代表我們單位去參賽！」護理長看了他們一眼，直接表明她對眼前四位的期許。

院慶可說是一年三節和聖誕節以外最重要的日子，尤其今年是三十週年院慶，特地擴大舉辦，是院方相當期待的盛大活動，為此護理長也是緊張地渾身緊繃，聽說這次院方要求護理長級以上的管理階層全都強迫參加，各單位最少也要派出四名護理人員出來參賽。

四人一聽到這個消息，紛紛倒抽一口氣，果然沒好事！

尤其今年為了擴大舉辦，不但要求各單位都要參加體育活動外，更是廣邀其他各醫院一同參與，可說是醫院的年度盛事，就連記者都會前來採訪，絕對不像以往只是隨便的趣味遊戲就帶過了。

聽說每當週年的個位數字是零的那年，就是護理人員倒大楣的一年，因為所參加的比賽項目絕對不簡單。

叫大夜班班底去參賽，無疑是叫她們送死！

「人家都說我們單位很肉腳，每次院慶都不出席，這次上面強制每單位必須派選手參加，就當做去玩玩也好，宣洩一下妳們過剩的精力，省得一天到晚在單位裡面給我出狀況！」護理長邊說邊拿出報名表。

「阿長，那天我要去掃墓！」阿帕榮登第一霸主，竟然膽敢在尊貴的護理長面前說出這幾個字，依芳和嚕嚕米差點為她的勇敢犧牲伸出大拇指，不過那也只是差點。

「除非掃的是妳自己的墓，否則不准！」護理長的眼睛連抬都沒抬，低頭將阿帕的名字填上。

「阿長，那天我也有事，我……我……我要去相親！如果不去，搞不好會錯過我這一生的幸福……」嚕嚕米也不遑多讓地爆出驚人之語。

「反正妳已經白白浪費了二十二年的青春了，就算妳急著想跳入火坑也不差這一時。」護理長連大氣也不喘一下，接著將嚕嚕米的大名寫在另一格報名欄。

「阿長，我……」

「妳別說話！」綠豆都還沒吐出完整的句子，護理長已經先發制人地喝止，連一點機會都不給，「除非妳從地球上消失，否則沒有任何理由可以不參加！」

綠豆的名字很快地出現在嚕嚕米的隔壁欄。

「阿長……」連依芳都不得不出聲了，她這輩子上學從來就沒有喜歡的科目，最痛恨的就是體育課，「我以前在學校的體育成績是最後一名，去參加會丟阿長的臉……」

「我不在意成績！如果妳們代表我們單位去參加比賽，不但在考績上會加分，而且會多給妳們三天假，好讓妳們安心參賽。」護理長這一回竟然放軟語氣利誘，霎時讓眼前四人好不習慣。

不過一聽到考績和假期，她們眼睛都亮了。這段時間以來，她們不是撞爛單位大門，就是把單位搞得雞飛狗跳，若是讓護理長自己自定評分制度，她們四人的考績必定出現負分，恐怕這輩子都沒有翻身的機會。

如今能把跌落谷底的成績拉上來一點，似乎也不是壞事。何況這是攸關今年年底的年終獎金，可說是大事件，更別說多出三天的假期簡直就是天上掉下來的禮物。

「當然沒問題！我們一定全力以赴！只要阿長一句話，不論是上刀山或是下油鍋，我們絕對義不容辭！」綠豆笑得合不攏嘴，其他三人甚至有點擔心她的下巴就快脫臼了。

反正只是玩玩嘛！綠豆很天真地想著。

卻不知道院慶和怨慶，偷偷畫上了等號……

第七章　錯愛事件（七）

中午的員工餐廳和平時寂靜的醫院有著極大反差，好像大家把平時壓抑的活力都在午餐時間爆發。餐廳裡有人吃飯像是在洗戰鬥澡，短時間內解決眼前飯菜，也有人因為難得的休息時間而笑聲不斷、喧譁四起。

好不容易脫離護理長的魔掌，綠豆和依芳原本昏昏欲睡的精神忽然像是瀕死前的迴光返照，好得不得了，原本打算大吃一頓早餐，不過在護理長的敦敦教誨之後，現在已經日正當中了。

兩人刻意坐在餐廳內最角落的位置，顯然一點也不想讓人注意到她們的存在。

「學姐，妳到底什麼時候搶了別人的男人？當第三者破壞別人的感情，妳都不怕被雷劈喔？」好不容易抓到兩人獨處的時間，依芳還沒將飯塞在嘴裡，就急著斥責，但是話才一脫口，總覺得哪裡不對勁，「不對啊，妳眾生緣是很不錯，但是妳的眾生不包括男人，哪來的本事跟別人搶？」

這是什麼話？綠豆此刻的心情像遭雷劈，不過她沒時間吐槽回去了，就算再怎麼不願意，也只能配合情勢點頭附和。

「對啊對啊！連畜生都很有我的緣，男人比畜生還不如……」嗯？怎麼覺得自己的回話更奇怪……

「那妳說，今天凌晨在單位發生的事要怎麼解釋？對方擺明就是要找妳，妳這人沒異性緣就算了，怎麼鬼神緣旺成這副德行？我的壽命都快打對折了！」

「妳還有對折，也不想想我受了什麼樣的折磨！我上次的瘀青還沒消失，凌晨又爽快地滾了好幾圈，我的壽命能打三折就要偷笑了。我到現在還搞不清楚到底發生什麼事，我又沒跟什麼男人來往！」綠豆雙手撐住下巴，一臉苦惱。

綠豆會這麼說也有道理，身為護理人員，時間一向相當有限，通常上班時間超過八個小時不說，院方還會要求接受在職教育課程，剩下的時間不是準備個案報告、讀書報告好讓自己的護理師階級往上攀升，就是為醫院的大大小小評鑑做全面準備，所剩的時間真的不多，何況依芳和綠豆同住在一間宿舍，對於綠豆的作息非常了解，沒道理不知道她偷吃，她若不是被冤枉了，就是演技太好。

「學姐，我想起來一個人了！」依芳忽然睜大眼睛，「最近妳不是跟孟組長走得很近？會不會因為這樣而被誤會？」

一提到孟子軍，綠豆連忙點頭如搗蒜，「對對對！我怎麼沒想到？孟子軍的條件這麼好，喜歡他的女人一定不少，如果不是確定周語燕還活得好好的，我幾乎可以斷定凶手就是她了！」

依芳噗哧一笑，心想以周語燕的個性，的確有可能會進行報復。

「學姐，妳老實跟我說，妳到底有沒有跟孟組長在一起？我記得當初在庫房的時候，還說要跟人家手牽手下黃泉，我看現在不用過奈何橋也可以手牽手了。」難得對八卦一向不感興趣的依芳也調侃起綠豆，甚至拐彎抹角地想套話。

怎料，綠豆卻從鼻孔哼了一口氣，嘴裡塞滿飯菜的反駁：「妳開什麼玩笑？那是當時在極度驚恐下，又沒有其他選擇，才會喪失理智說持出那種話嘛。我跟他只是患難中的好朋友，我才不會愚蠢地因為謠言或是瞎了眼的魔神仔而影響我們之間固若金湯的友情……」

「綠豆，我正在找妳，原來妳在這裡！」

渾厚而爽朗的聲音從綠豆背後傳來，同時她感覺到左肩上放了一隻溫暖而厚實的大手。

「噗！」綠豆毫無預警地將滿嘴飯菜全都噴到坐在對面的依芳身上。

「學姐，妳……」依芳像是被潑到硫酸，狼狽而慌張地跳離椅子，正想破口大罵，卻發現綠豆像是看到鬼一樣，甚至跳得比她遠。

「孟……孟……孟子軍？你是曹操啊？才一說到你就出現了？你是不是在我身上裝竊聽器？」綠豆拿起還插著滷蛋的筷子指向聲音的主人，嘴邊還殘留著菜渣。

被質問的孟子軍一頭霧水，完全不明白發生什麼事，綠豆幹嘛拿著一顆滷蛋對他擺出華山論劍的姿勢？

「我有一件很重要的事情要跟妳說……」

「什麼都不用說！我不想聽！」綠豆一把將滷蛋塞進他嘴裡，「從現在開始，你最好都不要來找我……不對……你連看都不准看我一眼，再看我就插瞎你的眼睛！」

面對像是狂犬病發作的綠豆，依芳也不由得和孟子軍一樣目瞪口呆。剛剛不是有人說沒有任何事可以影響她和孟子軍的友誼？怎麼現在完全不是這麼一回事？

不等孟子軍出聲反應，綠豆匆匆忙忙拉起依芳，像是準備趕火車一樣地急速衝出員工餐廳，留下嘴含滷蛋、一臉莫名其妙的孟子軍。

護理長口中的院慶，就在眾人的詛咒下，無聲無息地到來了！

一早陽光普照，晴空萬里，湛藍的天際甚至找不到半片雲，這樣的好天氣，最適合戶外活動了。

只是抬頭看見足以把人曬成肉乾的超級好天氣，綠豆一行人卻是哀聲嘆氣，看樣子昨晚的祈禱徹底失敗，不但沒有期待中的狂風暴雨，反而連一絲絲微風都沒有。

「唉，該來的總是躲不過！今天只要牙一咬就過去了，大家忍耐一點！」

阿啪拿起防曬乳拚命地往身上抹，要知道長期上夜班的人跟吸血鬼是沒什麼兩樣，全都是見光死！

衝著護理長特地在院慶前一天放他們假的善意之下，四人苦著臉認命地走向會場。老遠就見到護理長在操場大力地向她們揮手，看樣子今天單位就她們五個人出席了。

嚕嚕米見到這大陣仗，心中多少有點忐忑，今年是她第一次參加院慶，根本不知道院慶辦得這麼盛大，不但特別跟學校借場地，還有不少攝影機在現場拍攝，受邀的醫院也紛紛亮起自己的招牌。

「阿啪！」綠豆像是發現新大陸地猛拍阿啪的肩膀，「那個是不是妳失散多年的姐妹？看起來好像金剛或是猩猩……」話還沒說完，她就被阿啪狠狠踹了一腳。

「這些人真的是護士嗎？」依芳觀察著四周，各個看上去都像是運動健將般的粗勇，她開始懷疑其他醫院是不是找正牌運動員冒名頂替了。

看起來各家醫院都是有備而來，就是為了這十年一次的活動。

「阿長，我們是參加什麼項目啊？」嚕嚕米真的覺得很不舒服，別人看起來好像參加奧運的精英團隊，她們怎麼看都像是硬湊成的兩光隊伍。

護理長從口袋裡掏出薄薄的一張紙，「所有的參賽項目都寫得清清楚楚，再過半小時就要上場了，妳們準備一下！」

四人接過單子，當初護理長只說出來玩一玩，也沒細說要參加什麼項目，大家也不當一回事，心想反正到現場再看就好，了不起就是跑跑步之類的，還會有什麼？

「七項全能？什麼鬼東西？」綠豆一看到自己的項目，兩眼發直不說，腦袋簡直就像被灌水泥一樣，完全無法運轉，「一百公尺跨欄？標槍？鉛球？」她的聲音已經有了超級明顯的分岔。

綠豆轉頭看了依芳一眼，依芳簡直像被隕石K到一樣，完完全全僵硬還一臉驚嚇，只因為她參加的項目和綠豆一模一樣。

阿啪和嚕嚕米的臉色也絕對好不到哪裡去，她們所參加的項目竟然出現跳遠跟跳高，外加一百公尺短跑！

「阿長，妳是以外型來分配項目嗎？妳別以為阿啪像猴子就可以跳很遠，她在猴子世界裡屬於重度殘障等級，妳要她怎麼跳遠跳高？」綠豆急得大叫。

「我又沒有要求妳們一定要得名，妳們就放輕鬆好好玩，不需要有壓力，也不用擔心我失望，反正我對妳們也沒有任何期望！」護理長的眼睛已經因為微笑而睜不開，她不好直說這四個有極大可能都拿最後一名，好歹同時派出兩個，總有一個不是最後了吧？

「大會報告！大會報告！女子一百公尺跨欄的選手，請準備入場！」運動場上廣播開始放送，綠豆和依芳的比賽項目竟然搶頭香，第一個就是一百公尺跨欄。

依芳和綠豆心不甘情不願地走進會場，綠豆嘴巴還不斷嘟囔著：「派依芳出來參賽還差不多，我的腿這麼短，跨瞎密欄？哪跨得過去？阿長眼睛瞎了嗎，當護士到底幹嘛參加運動會？」

「請各就各位！」廣播系統所發出的女聲讓人覺得相當刺耳，尤其是綠豆和依芳兩個人，現在的情勢讓她們有種很想吐的欲望，但她們現在什麼都不能做，只能像是被趕著上架的鴨子，緊張地等待槍響。

碰！槍聲大響，所有選手像是子彈一樣往前飛奔，已經落後的綠豆看著大家的背影，心想為什麼每個選手都像是飛躍的羚羊，就連她自認為中看不中用的依芳，竟然也跑在她前方，甚至跨過第一個跨欄了！

「那個飼料雞，還騙我說她很弱！」綠豆在心底碎念著，眼看第一個跨欄就在眼前，既然已經衝出來了，就閉著眼睛跨過去吧！

嗯？……怎麼這麼容易就跨過去了？說起來這跨欄也沒那麼高，連短腿的她都能靠著渾身衝勁跨過去，而且狠狠地把依芳甩在後面，接著第二個也跟著跨過去了，再來是第三個……

原來沒那麼難嘛！綠豆在心裡竊笑，心想這下子應該沒問題了。

只是當她要跳過第四個時，奇怪……怎麼感覺有人在背後推了一把？腳都還來不及抬起，整個人就往跨欄撞了上去。

第八章　錯愛事件（八）

這一撞可不輕，不但跨欄狼狽地倒在一邊，她還打滾好幾圈，差點連鞋子都飛出去，活像表演生死一瞬間。

倒地的綠豆在心底盤算著，現在距離不夠而導致沒辦法加速，眼看剩下的跨欄是沒辦法跨了，乾脆放棄好了！

綠豆就故意躺在地上，心想反正場地這麼大，觀眾也這麼遠，眼睛不好的也看不清楚她的長相，丟臉也就算了，等大家跑完全程，她再慢慢退到旁邊就好。

她心中的算盤打得響亮，但是沒多久，她忽然聽到看臺區有人大喊她的名字！

「綠豆，站起來！綠豆，站起來！」聲音之宏亮，還叫出她的名字，別說看臺，就連倒在會場中央的她都聽得一清二楚。

綠豆像是被火車輾過一樣錯愕，額際不只浮現三條線，是整個印堂全發黑了，聽這聲音，想也知道是正在看臺區撲撲跳的阿啪。

不行！實在太丟臉了！綠豆狼狽地站起身，心中暗譙阿啪沒事喊這麼大聲幹嘛？怕有人不知道是她摔倒嗎？

她又再次爬起來衝刺，可惜徒勞無功，這次摔得更慘，不但前滾翻了兩圈，結果撞到跨欄後又變成後滾翻，滾到最後沒力氣還直接攤平在跑道上，剛才所上演的生死一瞬間已經在頃刻間變成了「翻滾吧！綠豆！」。

她甚至懷疑自己不是綠豆，而是綠豆椪了！

「讓我死了吧～」綠豆在心底哀號，現在她常常懊惱當時實在不該屈服在假期和加分的利誘之下，才短短不到一小時的時間，她已經痛苦地想回去上班了。

這一回她吃了秤砣鐵了心，心想阿啪要喊就讓她喊，就算丟臉也只有現場看見，她認了！

偏偏人生不如意十之八九，她正躺在地上裝死時，餘光忽然瞥見離跑到不遠的場外擠了好幾臺的攝影機正對準她……

現在……是怎麼一回事？綠豆在心中浮現超級不好的預感。

這時聽見記者對著攝影師喊著：「拍特寫！快點拍特寫！快點！」

攝影機將她震驚、錯愕到張口結舌的畫面全都拍下，旁邊還聽到站在場外的記者拿著麥克風說：「目前背號七號的選手倒地不起，我們可以重播慢動作，這位選手跌得很慘，不知是否有受傷……」

救命喔！摔一次就夠慘了，記者竟然還說畫面可以重播，還是夭壽的慢動作？綠豆已經是完完全全崩潰了，今天到底是什麼鬼日子？丟臉會不會丟得太徹底了？現在是全臺大放送耶，搞不好還是現場直播！

這種場面，不爬起來跑一下怎麼行？怎麼說也要留點名聲讓人家探聽，好歹她還沒嫁人……

嗶！哨聲響起，比賽結束了。

工作人員以為躺在地上不動相當久的綠豆棄權了，直接宣布比賽結束。

搞什麼鬼？現在綠豆的表情才真的像是被鬼打到，好歹也給她一點時間演戲，現在給她臨時喊卡，叫她怎麼下臺嘛！

「綠豆，妳還要躺多久？」剛才還在看臺上熱血沸騰的阿啪出現在自己正上方，還象徵性地故意踢兩腳。

還好攝影機都離開了，不然虎落平陽被猴欺的畫面被拍下來，就要糗一輩子了。

「學姐，妳動作快點，標槍項目就要開始了，妳沒時間休息了。」趕緊跑上前關心的嚕嚕米也臉帶同情地提醒。

什麼?!她還來不及喘口氣，又要比賽了？綠豆忽然有種英雌氣短的感慨，如果時間許可的話，她還真想高唱風蕭蕭兮易水寒，壯士一去兮不復還……

她以分格慢動作的速度來表達心中的不情願，正準備站直雙腳時，不知從哪裡飛來一顆排球，狠狠地往她腦袋上一擊……

還來不及挺直腰桿的綠豆，當場一陣暈眩外加腿軟，整個人以狗吃屎的姿態趴在地面上。

這一幕實在太震撼了，其他選手嚇得目瞪口呆，心想還好擊中的不是鉛球，不然這下不是頭破血流，就是魂歸西方了。

在場的每一位都是醫護人員，善於應對意外狀況，相當有默契地圍在她身邊，有人測試她的意識，有人檢查有沒有受傷，簡直就像專業的優良團隊為綠豆出診。

「學姐，妳沒事吧？」依芳好不容易才擠進如此龐大的陣仗中，「要不要叫救護車？搞不好腦震盪了！」

綠豆連標槍都還沒摸到就摔個狗吃屎，下場真不是普通地慘，七項全能的前一項就把她搞得要死不活，若是真的讓她比完七項，不知道她的小命還在不在。

獅子座愛面子的個性在這時展露無疑，當下只慶幸沒有記者在場，不然她懷疑電視臺會幫她錄製一小時的特集。綠豆咬牙站了起來，還拍拍自己的胸口，整張臉紅通通，好不嚇人。

「叫什麼救護車？」她說話雖然很大聲，步伐卻相當明顯的歪一邊，而且根本站不穩，每個人都擔憂地看著她，綠豆忽然又是一陣暈眩襲來。

「真的不用叫救護車嗎？」依芳急得跳腳。

「叫什麼救護車？」綠豆再次重複方才的回答，忽然指著前方的建築物，「妳眼睛瞎拉，醫院就在隔壁耶！」

綠豆的回答證明她的意識還相當的清楚，剛剛依芳心一急，竟然完全忘了目前的地理位置。

「噁——依芳，我們還是直接去急診……」綠豆的臉色已經由紅翻青，看起來痛苦萬分，這一擊果然不輕，「跟阿長說……棄權！跟她說我沒辦法七項全能，我是七項無能……噁……」

那天，綠豆的開始與結束前後不到一個小時，締造創院以來無人能突破的傳奇紀錄。

觀察一個下午之後，綠豆就出院了。

依芳為了照顧綠豆，護理長特別通融讓她也棄權，好好專心照顧綠豆。

打從護理長見到綠豆在跨欄項目摔得那麼慘之後，心底多少也感到愧疚，雖然綠豆跌倒和她一點關係也沒有，不過基於她是綠豆的上司，付出一點人道關懷是免不了的，這回就特別通融，甚至連一句囉唆都沒有。

拜院慶之賜，縱使活動已經結束，而且她們兩人頂多在會場出現不到兩個小時，不過護理長卻也相當有人性地沒有取消當初的約定，照常放她們假，並且交代綠豆多多休息，一再叮嚀她不准在外面趴趴走。

不過在經歷一場畢生難忘的高難度摔跤表演後，綠豆深刻地認為自己沒有多餘力氣去外面閒晃了。

但是為了吃飯，兩人還是不得不出現在員工餐廳，晚上的餐廳仍然保持一貫的吵雜，沒有任何變化，唯一令人納悶的是，每個見到綠豆的人不是眼帶同情，就連不認識的醫護人員也上前關心兩句。

「怎麼回事？這些人是怎麼啦？」綠豆滿臉疑惑地坐下來，「難道他們都知道我的事了？該不會是看新聞的吧？」

綠豆的心底開始擔憂，再怎麼說也不可能所有人都參加院慶，但是她卻察覺每個人一見到自己就神色有異？什麼時候大家對她這麼感興趣了？

「比起妳的新聞，股市、政治、油價等新聞更重要吧，像這種地方性的新聞引不起人家注意，而且了不起就幾分鐘，看不到什麼啦！」依芳敷衍似地安慰著。

依芳這麼說也有道理，現在新聞這麼多，小小的院慶有什麼好報導？就算報導，搞不好輕描淡寫地帶過，誰會注意？

這麼一想，綠豆的心情好多了。

「接下來為您報導好家在醫院三十週年院慶，今年的院慶特地擴大舉辦，參加的選手全是各大醫院的護理人員，大家對於這次的院慶參與度都相當高，尤其是地主隊的表現相當引人注目，以下是我們的報導。」

餐廳裡掛在牆面上的超大螢幕正放送著今天的新聞，綠豆的眼睛以倍數擴大，死盯著螢幕，嘴裡的貢丸毫無預警地又掉回碗裡，依芳忽然有種風雨欲來的錯覺。

接下來的鏡頭就出現綠豆在一百公尺跨欄裡面摔得鼻青臉腫的畫面，還是超明顯的特寫鏡頭。五官扭曲得活像是鬼上身，還把她前後翻滾的動作一再重播。

現在的記者果然都很講信用，徹底實現綠豆的夢魘，經典畫面全都慢速撥放，精細的畫質連她臉上的痘痘都一清二楚，最悲慘的是畫面還帶到看臺上阿啪的熱情呼喊，阿啪將綠豆兩字喊得清楚又響亮，連否認電視裡面的那個衰尾道人只是跟自己長得像的機會都沒有。

「啊！這臺不好看！換別臺！」綠豆趕緊起身到電視機前面，找不到遙控器，還是有辦法找到按鈕轉臺。

「好家在醫院的院慶裡面出現翻滾的意外畫面……」

「這臺也不好，換別臺！」綠豆嚇得一身冷汗，怎麼這臺也在播？

「這次擴大舉辦的活動競賽發生跌倒意外，該名選手本身也是一名醫護人員……」

「看看另外一臺好了！」綠豆陪著苦笑，但她真的快笑不出來。

「從這畫面可以看見該名選手前後翻滾的慘狀，可見平時醫護人員平時的體能有限，不知在照顧病人方面是否……」

哇勒！現在當作是奧運來個四臺聯播嗎？醫院沒有安裝第四臺，哪來其他頻道給她轉？

依芳悠悠地嘆了口氣，「學姐，回來吧，現在這時間正好在撥新聞，不論妳怎麼轉都是新聞臺。」

綠豆像是戰敗的公雞，垂頭喪氣地走回依芳身邊，現在在眾人的注視之下，哪還吃得下飯？

「依芳，我真的覺得現在比被排球打到的時候還要不舒服，我們回去宿舍，叫阿啪買晚餐好了！」綠豆的聲音聽起來很鬱卒，看樣子第一次上電視的經驗讓她超級難適應。

依芳同情地看了自家學姐一眼，在這種困境下，依芳也義無反顧地連飯都不吃了，跟著綠豆偷偷摸摸地回宿舍去。畢竟現在的綠豆實在過於顯眼，為了避免不必要的尷尬，兩人選擇避人耳目。

阿啪這人雖然平時老愛跟綠豆鬥嘴，不過一接到依芳的電話，二話不說便立即買了一堆滷味出現，連帶還把嚕嚕米也叫來一同分享。

在電話中，依芳已經大致把在餐廳的遭遇告訴阿啪，帶著食物出現的她，手中還拿著剛買來的幾份報紙。

「綠豆，現在別說是新聞，就連報紙和網路都有妳的相關新聞，這下子妳真的出名了！」阿啪拿出其中一份報紙，指著占了將近半個篇幅的照片，很顯然這張照片絕對跟上鏡扯不上任何的關係。

「搞什麼鬼？」綠豆一見到報紙，激動地發出一聲暴吼，「我的臉平時就不小，現在還占了半個版面，是嫌我的臉還不夠大嗎？」

綠豆算是徹底崩潰了，現在別說全院都認識她，恐怕全臺有絕大多數的人都知道她這號人物了。

說穿了這種小新聞本來不會受到注目，卻因為綠豆的搏命演出，再加上那絕無僅有的誇張表情，果然成功地為醫院搏版面，只是這版面恐怕也不是醫院所樂見的。

嚕嚕米見到她這淒慘的模樣，當下覺得她真的很可憐，在地上滾這麼多圈已經很可憐了，還被人大篇幅的報導，這是誰都沒有辦法接受的事實吧！

「不會啦！這種小新聞很快就會被人遺忘了，哪天哪個女明星又大肚子了，妳就被忘得一乾二淨了！」阿啪不在乎地繼續吃著滷味，滿嘴說著現在媒體界最現實而殘酷的常態，不過對綠豆而言是種解脫。

反觀依芳卻相當納悶地拿起報紙，仔細盯著照片，許久沒發出聲響。

「依芳，別再看了！我爸媽看了我的報導後，我爸的血壓上升，我媽的心臟差點停擺，我弟還因為這樣嗆傷，我家的親戚更是前所未有的大團結，竟然說要包車上來看我……」剛剛一通打來關心的電話正是綠豆媽打的，相當盡忠職守地報告目前親朋好友的情緒反應，害得綠豆心情更低落了。

「等一下，嗆傷跟妳的報導有什麼關係啊？」嚕嚕米提出心中的疑惑。

「笑到嗆傷啊！」綠豆的情緒顯然還不是很穩定。

「……」

第九章　錯愛事件（九）

「不……」一旁始終安靜的依芳終於出聲了，「我不是想刺激妳，我只是覺得這張照片很奇怪！」

「林依芳！！」綠豆再也按捺不住滿腔怒火，瘋狂地掐住依芳的脖子，歇斯底里地大叫著，「我的遭遇就像是被佛地魔追到沒地方跑的哈利波特，都被逼上梁山了，妳竟然還有膽子興災樂禍，說我的照片很奇怪？妳敢說妳不是在刺激我！」

嚕嚕米和阿啪趕緊丟下手中滷味，上前架開情緒已經崩潰的綠豆，解救臉色已經發紫的依芳。

「咳……咳咳！學姐，妳聽我把話說完行不行？我說奇怪，不是說妳的長相或是表情奇怪，是指妳的背後有奇怪的光影啦！」

「奇怪的光影？」三人聽完隨即臉色大變，三顆腦袋立即擠在報紙的正上方，眼睛眨也不眨地觀察著照片。

照片裡面的綠豆正是第一次摔倒那瞬間，背後果真有一道極不明顯的光影，若不仔細注意，根本沒人會發現。

她們紛紛打開其他的報紙，唯有依芳手上拿的那張才有那道光影。

「這是不是人家所說的重複曝光？聽說媒體上出現的靈異照片有絕大多數都是靠這技術造假，何況這幾份報紙只有一家才出現這現象，應該和靈異扯不上關係吧！」嚕嚕米實在不願意往第三空間想像。

早年媒體上充斥了許多所謂的靈異照片或是靈異節目，造成一陣熱潮，但是多年後有人踢爆大部分的照片只不過是玩弄專業攝影技巧或是電腦合成的產品罷了，剩下的一些可能是自己的攝影技術不佳所導致，僅有絕少數才是連專家都無法解釋的靈異照片。

神經線和電線桿一樣粗的阿啪和綠豆也頻頻點頭，顯然她們相當認同嚕嚕米的理論，不過依芳的神情卻沒有絲毫變化，總覺得好像哪裡不對勁，但卻看不出來。

這時依芳打開電腦，想搜尋看看是否有其他照片，怎知一打上關鍵字，依芳的神情就更不對勁了……

「學姐……」她在考慮是不是該告知綠豆目前所知道的最新消息，但是若是不先告訴她，萬一到時她再次看到自己的照片又成功地搏版面，不知道會有什麼後果。

「幹嘛一臉報喪的表情？最壞不過就是現在這樣了，現在什麼事情都打擊不了我了！」綠豆倒是顯得很坦然，既然事情都已經發生了，暫時拋開一切煩惱，敞開心胸地好好享受冷掉的滷味。

「那個……顯然有人把妳被排球打到頭，最後趴在地上的畫面用手機錄了下來，現在正放在網路上，已經擠進今天點閱率前十名……」

綠豆手中的花枝丸跌落地面，如果她真的是被逼到走投無路的哈利波特，現在應該是被佛地魔擊中而石化中的哈利……

回去上班後，綠豆在精神上遭遇了許多挫折和苦難，別說今晚值班的護理長一見到她就開心得不得了，連原本應該安靜的大夜班都無端出現許多莫名其妙的人，例如三更半夜的勤務阿姨特別喜歡跑到單位詢問有沒有檢體要送；要不然就是夜間巡邏的警衛特別熱心，一個晚上出現三次；連藥師打電話來都不是詢問藥劑相關問題，而是問綠豆需不需要肌肉鬆弛藥膏，只是他們見到她或是聽見她的聲音時，通常都伴隨著誇張的大笑，就和護理長一樣。

綠豆才回來上班第一天，就巴不得趕快放假，她真的非常渴望能夠鑽個洞躲起來，被全院認識的感覺爛透了……

看見綠豆整天垂頭喪氣，依芳和阿啪也只能隨便找些話來安慰她。老實說，遇到這種事情真的很無奈，而且別人完全幫不上忙。

尤其當白班的醫護人員陸陸續續出現，大家見到綠豆的第一眼全都是瘋狂大笑的模樣，阿啪和依芳別說上前安慰，根本就是跟著起鬨大笑，不過也有人比較有良心一點，等到自己笑到沒力之後，還會虛脫似地詢問綠豆的身體不要緊吧？

綠豆真希望乾脆用麻布袋把她扛回去比較直接一點，不過要實現這願望是有些難度的，因為阿啪或依芳絕對不想接下這苦差事。

「單位有後門，這一陣子都爬樓梯吧，等這件事的熱潮過了再說！」依芳提出中肯的建議。

單位的確有個甚少走動的小後門，位置相當隱密，是舊醫院的逃生通路，後來改建時，礙於經費不足，就留下了這部分。

那裡平時很少人進出，一來那邊沒有電梯，二來沒什麼人進出，燈光又昏暗，顯得陰森不已，可說大家都避之唯恐不及。

不過現在的情況特殊，看樣子她們有一段時間必須靠那座樓梯出入了。

綠豆明白這也是沒辦法中的辦法，通過那座樓梯，只要再走過一條長廊就能回到宿舍，說起來這是最安全的通路，她也沒什麼好反對了。

大夜班如願地交接班後，三個人便偷偷摸摸地走向單位後門。

這段樓梯勉強只有兩個人的寬度，天花板上的電燈泡看起來比樓梯還要老舊，即使是大白天，卻仍顯得昏黃陰暗，空氣中散著淡淡的霉味，樓與樓之間空蕩的氛圍，令人有種難以言喻的壓迫感。

「真是奇怪了，綠豆只不過是在鏡頭前跌倒，幹嘛搞得像是她做了什麼殺人放火的壞事。」阿帕邊走邊碎念，不知不覺已經走下樓梯，絲毫沒提到自己是這件事件當中笑得最大聲的人。

綠豆正準備踏上第一層階梯，忽然發現站在自己身後的依芳竟然無聲無息地停下腳步。

「幹嘛？怎麼不走了？」綠豆一臉納悶地看著依芳。

「我忽然有種預感……」依芳皺起眉頭，她已經好久沒有這種感覺了，那是胸口一股沉重而透不過氣的感覺，心臟不規則地跳動讓她渾身都不對勁。

預感？一聽到預感，綠豆立刻露出小雞遇見大蟒蛇的驚恐表情，趕緊更靠近依芳一點。

難道在這樓梯間又出現什麼不該出現的「東西」嗎？綠豆環顧四周，卻什麼也沒發現，但是她忘記一件事，鬼魂若是有心想避人耳目，隨便隱身在實體之下，就算有陰陽眼也看不見。

「到底是什麼預感？」綠豆小心翼翼又輕聲地問。

說實在，這陣子她真的被嚇怕了，她甚至考慮要去廟裡收驚。

「我也不清楚……就覺得……就覺得好像有人會從這樓梯摔下去……」依芳一臉苦惱，她從來就沒有預知能力，完全不明白腦中怎會冒出這樣的想法。

綠豆相當不給面子地乾笑兩聲，「我還以為妳感應到什麼，摔下樓梯？虧妳說得出這種笑話，妳是不是——啊——！」

話還沒說完，綠豆已經毫無預警地跌下樓，已經滾到相當有經驗的她趕緊雙手抱頭，整個身軀呈現完美的球狀，從三樓一路滾到一樓，而且中場不休息，應該說……她也沒辦法喊停，甚至連丟白毛巾都沒機會……

若不是平常沒人在這邊出入，只怕綠豆又要登上各報頭版了。

阿帕和依芳趕緊追下樓，只見綠豆已經在地面上躺平，不斷哀號，看她那副模樣，根本是災難現場的受害者。

「學姐，妳沒事吧？有沒有摔傷？有骨折嗎？妳還站得起來嗎？」依芳眼睜睜看著她從三樓滾下去，活像表演人體特技，看得讓人心驚肉跳。

「吼唷！依芳，妳這個臭烏鴉嘴，以後這種事情別亂預感行不行？」綠豆齜牙咧嘴的慘叫著，隨即看向阿帕，拚了全身力氣大叫，「死阿帕，看到我滾下來，妳不會伸手拉我一把啊？妳在我下面耶！」

阿帕尷尬地吐吐舌頭，第一時間察覺綠豆滾下來時，她第一個反應竟然是趕緊深呼吸、縮小腹，想也不想就緊貼著牆壁，以免自己遭到池魚之殃。

「這妳也不能怪我啊，妳簡直就像颱風過境，一下就掃過去了，我哪來得及拉妳？」阿啪相當心虛地解釋，不過仍是伸手把綠豆扶了起來。

這個綠豆也不知是怎麼一回事，一連摔了好幾次，都沒什麼大礙，就連現在她也只是不斷抱怨自己的骨頭好不容易才組好，今天又再散了一次，除此之外，她也就只感覺肌肉痠痛到想罵髒話而已。

真不知該說是綠豆的身體構造真的如此健壯，還是她根本異於常人？

隨著綠豆慘絕人寰的叫聲，依芳焦躁地朝著樓梯方向望去，總覺得有股強烈的不安感，難道這一切真的只是意外？

正當依芳滿腹疑問的當下，一陣奇怪的風猛然朝著三人颳起。

「我……我怎麼有種陰風的感覺啊？」阿啪聲音都發抖了。

先不論樓梯間這種地方會不會颳風，帶著血腥味的冷風也太詭異了吧！

第十章　錯愛事件（十）

依芳實在不想附和，不過風力越來越強，甚至颳得兩耳隱隱生疼，眼前狀況絕對不符合邏輯，就算院內空調開到最強，也不可能有這麼強勁的風。何況這裡是少有人煙的通道，搞不好連通氣孔都沒有。

「哇靠，如果不是看到樓梯，我還以為自己在沙灘上咧，阿啪的猴子臉都快大歪斜了！」綠豆心想，這風力難不成還會以行進速度增強？就算輕度颱風轉為強颱也沒這麼快吧！

「妳還有心情討論我的臉？」阿啪忽然爆出一句，「妳現在看起來才像真空包裝的綠豆……不對……我們現在應該討論現在是怎麼回事吧？」

「我覺得要討論怎麼回事，最好等離開再說！」依芳總算說了一句人話，如果連她都覺得不對勁，就真的非常不對勁了。

依芳率先想上前拉開一樓的後門，怎知一動作，綠豆就開始碎碎念：「通常這時候門都會被鎖上，不然就是被卡死，這簡直是靈異界最基本的常規了！」

阿啪心底還叨念著不會著麼衰吧，不過卻和綠豆一樣片刻不停的尾隨在依芳的身後，依芳再怎麼不濟，好歹還有天師傳人的稱號，就算打不開也會想辦法。

碰！碰！碰！

依芳還來不及摸到門把，三人就因過於強大的風力而緊貼在牆壁上，三人的五官嚴重扭曲不說，連移動肢體都相當困難。

「是……怎……樣……啦！」綠豆一張嘴就吃進一堆空氣，風力已經大到連眼睛都快睜不開了。

依芳在心中咒罵，現在連個鬼影子都沒看見，哪能知道是怎麼回事？別說拿懷中的黃紙有困難，就算想張嘴念咒語都沒辦法完整。心裡只能猛著急，卻想不出什麼好辦法。

三人的眼睛僅能瞇成一條線，能見度相當有限的情況下，隱約看見紅色影子漸漸地顯現在前方，只是風太大，完全看不清楚。

「有……有……鬼…………」阿啪拚著咬到舌頭的危險，奮不顧身地大叫，只可惜風力帶走部分的音量，傳到另外兩人的耳中已顯得薄弱。

就算阿啪不說，依芳和綠豆也發覺空間內多了一個紅影，只是以現況而言，根本不可能睜大眼睛看。

紅影漸漸靠近依芳，她感覺到自己雖然還黏在牆上，不過雙腳已經離地，而且呼吸越來越困難……

到底怎麼回事？鬼不是一向都找綠豆的麻煩？這回怎會先找她開刀？眼前這傢伙是不是出門沒戴眼鏡？現在到底在演哪齣戲？她真的搞不懂啦！

隨著紅影出現，帶著強烈血腥味的風不但跟著增強，似乎也跟著銳利，三人不約而同感覺到喉嚨被套上無形的繩索，不斷收緊……收緊……

依芳發誓，她的確聽見奇怪而沙啞的得意笑聲，隨著大家的所能吸進的氧氣量越少，笑聲就顯得越高昂。

在這種情況下，阿啪若不是處於過於驚恐而沒時間掉淚，她早就不顧一切地放聲大哭了。

綠豆則是滿肚子的髒話想飆，但礙於現在說話上有難度，沒辦法一次罵個夠，索性閉上嘴，在心底抱怨著：「早知道遲早要這樣不明不白地送命，應該不管三七二十一先把孟子軍吃了再說，就算不是我的菜，好歹他還算個男人，起碼被誤會也不至於太冤枉……」

就在三人忍耐到極限，快要失去意識時……

「烏……麻……哩……亞……吽……破！」依芳想不出其他辦法，腦海中浮現林大權曾經隨口教她的簡單咒語。

記得林大權僅在她年紀還小的時候說過一次，不知道爲什麼卻浮現在腦海裡，就像烙印在身上一樣。

如果……她沒猜錯，這咒語應該也是當初天兵琉璃的教學手冊中的內容。

再簡單不過的咒語，強風卻在瞬間停止，連紅影也消失不見。

這一切來得太快，就好像什麼事都沒發生過一樣。

「不會吧？這樣也能破解？」依芳不可置信地盯著自己的雙手，一時搞不清楚對方到底是很厲害的鬼，還是很弱的肉腳。

照理說這種小兒科的咒語對怨靈根本不痛不癢，剛剛只不過是被逼急了，隨口念出來碰碰運氣，沒想到這樣也被自己矇中了。

「依芳，剛剛到底出了什麼事？」綠豆的雙腿早就直接罷工，她幾乎用爬的爬到依芳身邊。

依芳虛弱地搖著頭，這一回她真的不清楚怎麼回事，只隱隱約約覺得似乎被捲入莫名其妙的事件了。

「依芳，事到如今，妳要相信我一定是卡到陰！妳說我該怎麼辦？」綠豆一臉苦惱，近來狀況層出不窮，身上也累積了大大小小的傷疤，再這樣下去，她遲早小命休矣！

「不用強調我也知道妳卡到陰。」依芳語氣平淡，似乎已經接受這樣的事實了。

雖然依芳臉上裝作不在乎，心底卻也隱約察覺這一切實在詭異地讓人摸不著頭緒，除了當初說過綠豆搶了男人之後，再也沒有任何蛛絲馬跡。

綠豆從來不曾和人結怨，誰會上門尋仇？就算綠豆和孟子軍保持距離，同樣無法制止怪事發生，若說有好兄弟存心捉弄綠豆的可能性還高一點，不過現在已經不像是開玩笑了，只要出差錯就是一條人命去了！

依芳實在不想造成綠豆無謂的恐慌，雖然神經幾乎已經瀕臨麻痺的綠豆已經相當恐慌了，但是沒將一切調查清楚，依芳實在不願多加揣測。

「依芳，妳說我該怎麼辦？再這樣下去，我還沒躺進外科加護病房，精神病床已經先幫我安排好了。」

這陣子，綠豆已經被折騰得日漸消瘦，整日戰戰兢兢，就怕下一秒又發生突發事件，說不準連再見都來不及說就雙腳一蹬了。

雖然她很喜歡玄罡沒錯，不過她還沒那麼渴望與他在黃泉路上相逢，她完全沒有當聊齋女主角的興趣。

「學姐，難道妳不考慮找孟組長問清楚？如果他真的是當事人之一，應該能幫助我們釐清真相。不過，我怎麼看都覺得他不像是會在外面拈花惹草的人……」

「我沒跟他連絡就快去了半條命，再跟他有接觸，我不就真的要橫屍街頭了？男人這種動物很難說，外表和骨子裡根本兩回事，這麼尷尬的問題就算問了，人家也不見得會老實說。再說……這種事妳叫我以什麼身分去問他？」

綠豆一臉尷尬，如今兩人只不過是朋友關係，她總不能明目張膽地抓住他的衣領，狂叫：「說！你到底在外面招惹哪個野女人？」

這叫愛面子的她，怎麼開口嘛！

依芳若有所思地點著頭，綠豆這麼說也有道理，只是近來的確怪事不斷，又完全沒有線索和頭緒，實在令人心煩。

最近出現在樓梯間的紅影最為古怪，若是綠豆認定那晚被硃砂筆擊中的也是紅影，那麼這應該是第二次出現了，可是當初綠豆信誓旦旦地表示，紅影當初是站在自己的床前，卻不是找綠豆，難道這傢伙真的視力有問題，連對象都會搞錯？不然還有其他解釋嗎？

「我就是覺得很奇怪啊！妳說在宿舍看到的紅影是針對我而來，連樓梯的紅影也是先找我下手，可是那天在單位明明是抓著妳的腳說搶了她的男人，到底她要找的人是誰？」

依芳隱約感覺到，似乎有什麼東西躲在暗處，若是人躲在暗處還有發現的機會，若是鬼魂想躲，被發現的機率是趨近於零。除非是像阿公一樣法力高深的天師開了天眼，或是用法力逼得鬼魂無處可躲，否則一般人很難發現對方的蹤跡，就算是陰陽眼也一樣。

依芳知道……這一切應該不是意外這麼簡單！

不過綠豆經過這幾天的災難洗禮後，精神狀況已經大不如從前，依芳怕自己再說出心中的疑惑，綠豆會負荷不了。

「依芳，我真的覺得這次不是開玩笑，妳說……是不是有人想殺我？」現在有種陰謀論的氛圍在周遭環繞，已經有種威脅生命的跡象了。

綠豆快要精神崩潰了，她受不了這種提心吊膽的日子，不過她卻沒注意到依芳的危險好像也不亞於自己。

依芳很少見到總是把樂觀當飯吃的綠豆會如此愁眉苦臉，現在這副脆弱無助的模樣，實在很難讓人聯想到她昔日的活躍；如今兩個明顯的黑眼圈掛在臉上，簡直就跟熊貓沒有兩樣，只是人家是國寶，受到相當嚴密的保護，而她現在卻像是風中殘燭，隨時有熄滅的可能。

「學姐，這其中一定有問題，事情沒那麼簡單！」她不能讓情況繼續惡化下去，今日若不是她及時念出咒語，只怕現在她們已成了陰間亡魂，「若想一勞永逸，就必須找出事情的癥結，否則只會沒完沒了！」

依芳對於這種事的態度總是不冷不熱，這回卻反常地積極了一點，除了綠豆有生命危險外，最主要是她再過兩天就要放長假，她可不希望這件事情影響美好而難得的連續休假。

「癥結？我真的不記得有跟誰結怨啊。若說誤會我搶了孟子軍，我連他的電話都刪除了，為什麼還不肯放過我？搞不好根本就和孟子軍沒關係！仔細想想，我覺得其他人要對付我還比較有可能，像我常跟阿長頂嘴，又老是在開病房會議時遲到，還故意不交專題報告……」

這樣說來，護理長對她的怨念應該比任何人都來得深，綠豆忽然驚覺這個事實，整張臉浮現被鬼打到的錯愕表情，「阿長……應該不至於對我痛下毒手吧？」

依芳定定地看了綠豆一眼，一臉凝重而認真地回答，「如果阿長出現在陰間的話，也很難說……」

護理長是屬於殺手級的角色，比任何妖魔鬼怪都可怕，這是大家都知道的事實……

「學姐，這次的事件恐怕沒那麼簡單，妳一直躲在宿舍裡，只會讓狀況越來越糟糕。最基本的方法就是要多吸取陽氣，這樣才能避免陰氣靠近，現在妳應該去人多人氣旺、陽光充足的地方才對！」依芳提出衷心地建議。

依芳說的很有道理，只是最近意外太多，令她猶豫了，就怕又有什麼不幸發生在自己身上。雖然現在的環境不怎麼適合人類居住，但是她還沒厭惡到急著離開的程度，何況她正值青春年華，就算只流一滴血都嫌浪費，好歹也該奉獻給捐血車。

「如果妳想窩在這裡直到臭酸也無所謂，那我先出去逛逛！」依芳突然從床上跳了起來，打算改變睡眠計畫，隨手將包包背在身上就準備出門。

「等……等我啦！我又沒說不去。」綠豆識相的趕緊跳下床，萬一依芳不在又遇到狀況才麻煩，現在不論依芳到哪裡，她就要跟到哪裡。

兩人一打開房門，沿著長廊拐個彎就看見電梯，宿舍電梯雖然老舊，不過對於醫護人員來說已經算是綽綽有餘了，尤其依芳等人的房間都在宿舍八樓，有電梯搭就該偷笑了。

「依芳，人家總是說紅顏薄命，難不成我就要這樣不明不白的……唉……」才一踏進電梯，綠豆開始模仿電視裡面的苦旦神情，悠悠地嘆了口氣，還故意低頭學西施捧心，那模樣讓電梯裡面的依芳很想立即按開門。

不過於情於理也該安慰她幾句，畢竟她這陣子所承受的驚嚇也夠她受了，實在不好再冷言冷語的刺激她了。

「學姐，妳也用不著這麼悲——」猛然，電梯毫無預警地像急速下降！

「啊啊——」綠豆登時發出和殺豬沒兩樣的慘叫，腦中浮現一連串電梯事故的新聞畫面。

「死定了！死定了！這次我真的死定了！」綠豆只能在嘴理不斷重複著同一句話，眼看著電梯上的燈號不規則的閃爍，現在連摔到哪一個樓層都不知道，綠豆連思考的本能全都放在腳底下踩了，腦中又浮現她百看不厭的人生走馬燈。

「學姐，趕緊抓緊扶手，背靠牆，膝蓋彎曲，這樣起碼能多少緩衝一些衝擊力！」依芳在慌亂之中猛然想起前一陣子的緊急應變課程，聲嘶力竭地喊著。

「我……我今年是被煞到，還是將未來十年的太歲全都提前在今年犯沖？怎麼連坐電梯都出事？」綠豆趕緊依照依芳的指示動作，不過嘴上功夫卻一點也不少，現在按鈴求救也於事無補，不如先想辦法自救。

兩人維持著可笑卻可以救命的姿勢良久，電梯仍持續往下墜。

「學姐，妳有沒有發現一件很奇怪的事？」依芳擰起了眉心，「我們剛剛在八樓坐電梯，就算摔到地下室，以我們往下掉的時間計算，起碼可以摔十次以上了，為什麼電梯還沒到底？」依芳總算可以稍微冷靜下來，提出心中的疑問。

此時綠豆才驚覺，電梯依舊不停地往下墜，但是以時間來說，未免太不合常理了？

「對耶！就算我們在 101，也該摔成粉末了吧！」

「不對勁。」依芳搖著頭，「這太不對勁了！」

面對目前的窘境，兩人依舊束手無策，任憑兩人將電梯鈕全按了，包括緊急鈴，依舊無法停止電梯的下墜。

碰！

原本往下掉的電梯瞬間驟然停止，但是兩人卻因為突如其來的作用力而跌坐在地。

「我們到底了嗎？」綠豆抱著撞到電梯牆面的手臂欲哭無淚，現在她比較急著想知道是不是安全了。

依芳搖晃著暈眩的腦袋，試著努力思考，「感覺不太像。如果我們已經在底部，電梯不可能還會搖晃，照理說應該會有不小的撞擊聲出現才對！假使我們已經摔至地面了，我們撞擊的程度應該不只這樣！」

現在兩人感覺還停留在半空中的可能性比較高。

不過最起碼兩人現在是安全的，或許是真的電梯出了問題。有的時候，人在危急情況之下都無法做出正確判斷，搞不好剛剛只是她們想太多，當下應該趕快向外面求救才對。

綠豆重複地按著緊急鈴，希望能獲得回應，但是任憑怎麼按，緊急鈴的另一頭卻毫無聲響。

「怪了，醫院的電梯不是固定維修嗎？怎會在這種嚇破膽的時刻沒動靜？到底在搞什麼鬼？」綠豆氣急地捶打緊急鈴。

這時，沙喇叭忽然傳來一陣模糊的沙沙聲，就像手機收訊不良的情形，只是……電梯內安裝的對講機也會收訊不良嗎？

不過總比沒聲音來的好太多了，「喂！有沒有人聽到？救命啊！」

綠豆開始在電梯裡面大喊，但是沙沙聲越來越大聲，求救聲加上雜訊，卻始終沒有任何人回應。

沙沙沙……沙沙沙……沙沙……

「嗚嗚～」

綠豆和依芳聽到奇怪的嗚咽，求救聲戛然停止。只是當她們的聲音一停止，連方才的雜訊聲也在無形中斷了訊，整個電梯內陷入寂靜，讓人沒來由地感到呼吸困難，腳底竄上一陣涼意。

綠豆看了依芳一眼，屏住氣輕聲道：「妳剛剛……有聽到什麼奇怪的聲音嗎？」

第十一章・錯愛事件（十二）

綠豆想證實自己沒聽錯，卻打從心底希望依芳回答相反的答案。

依芳困難地吞了吞口水，以相當龜速的慢動作來點頭，她確實聽到了非常奇怪的聲音。

「我想……應該是我們太神經質，所以導致幻聽，對吧？」綠豆拚了命地想安慰自己，卻言不由衷地開始覺得電梯內冷氣太強，而自己飆汗的速度太快，擔心再這樣下去她會感冒……

「嗚嗚……」依芳還沒回答，電梯內的喇叭又再次傳來令人膽戰心驚的怪異聲音，而且越來越明顯、越來越大聲。

最令人發毛的在於，這聲音已經不像是機器的聲音了，而像是……女人的嗚咽！

「嗚嗚……嗚嗚……」嗚咽聲越來越高昂，綠豆甚至開始感覺到自己的耳邊撫過一陣冰涼至極的冷風，好似有人在自己後方輕輕吹氣……

她嚇得連頭也不敢回，平時看到的東西已經比別人多，她不希望今晚又看到什麼不該看的畫面。

此時，電梯忽然動了起來，一陣急速攀升，劇烈的擺動讓兩人差點跌倒。

現在又怎麼了？電梯在沒有按下任何按鈕的情況下忽上忽下，完全沒辦法控制之外還有奇怪的聲響，現在沒有比見鬼更好的解釋了。

電梯內經過五秒鐘的高速爬升後，忽然一陣急促的煞車，依芳和綠豆在沒有絲毫緩衝的情況下雙雙因為衝擊而再次跌坐在地。

此時，空間內傳來相當刺耳而響亮的「噹」一聲。

靜謐的電梯裡面只剩下兩人沉重而濃濁的呼吸，和無法平息的心跳，兩人近乎僵硬地抬頭看著電梯所顯示的樓層，原本不規則亂跳的電子顯示版上面很清楚的顯現數字──四。

「四樓？醫院哪來的四樓？」綠豆雙手抱頭，懷疑自己在作夢，醫院裡面是充滿禁忌的環境，中國人忌諱「四」和「死」的發音相似，所以醫院別說不可能有四樓，就連床號、編號都不可能出現四這個數字。

電梯門在綠豆和依芳一臉錯愕的情況下緩緩打開了，絕對不可能在醫院出現的四樓就這樣呈現在兩人面前。

綠豆此時發揮一陽指的高階功力，將全身力量凝聚在指尖，拚了小命地想關上電梯，無奈電梯卻一動也不動，只剩螢幕上顯示的數字不停閃爍，再怎麼閃都是「四」！

依芳朝著電梯外放眼望去，只見一片陰暗，並且傳來陣陣潮濕的霉味，在光線有限的情況下，只能勉強看著大概的輪廓，除了殘破的桌椅外，還有幾張看似需要淘汰的老舊病床。

「妳想……外面會不會有逃生門啊？」綠豆嘆了一口氣，異想天開地問。

「學姐，我覺得出現地獄門的機率高一點耶！」依芳也一如往常地吐槽她。

雖然現在沒有人笑得出來。

「呃，依芳，通常電影演到這種橋段時，主角會怎麼辦啊？是走出去還是躲在這裡？」綠豆縮在電梯裡面低聲嚷嚷，她光用腳指頭想都知道電梯門外不尋常，她可不想急著送死，但是除了窩在電梯裡面，還有其他方法嗎？

「學姐，我平常所看到的鬼片已經夠多了，我根本不看需要花錢的鬼電影，妳問我這種問題，我怎麼有辦法回答妳啊？」依芳一本正經，一點都不像在開玩笑。

「那我們現在該怎麼辦？妳也快點想想辦法嘛！」綠豆卻像噴火龍一樣仰頭張大嘴反駁，只差在她的嘴巴噴不出火焰而已。

怎知依芳卻皺起眉頭嚷著：「妳不是最愛看金田一？漫畫在畫，妳沒在看？難道不明白現在我們要站在加害人立場思考，如果有人真的想殺妳，目前最好解決的就是這座電梯，只要電梯纜繩一斷，妳就可以直接到地下一樓的太平間報到了！」

依芳採用最簡單又普通的推理，甚至連推理的邊邊都沾不上，只是一個連小學生都會這麼推斷的想法。

背脊幾乎和電梯牆同為一體的綠豆在驚慌之餘，不得不思考依芳口中所說的可能性，而且依芳連自己最愛的偶像都抬出來了，不審慎思考一下是不行的，只是正當她還在猶豫時，電梯上方忽然傳來非常奇怪的聲響。

咚！咚！咚咚！咚咚咚咚咚咚咚！

好像……好像有人穿著高跟鞋在電梯上方走動！不……再仔細一聽，不是走動，比較像是……跳動，而且是越來越激烈的跳動！

然而，有誰會穿著高跟鞋在電梯上方跳舞？

「依……依芳……芳，這是怎麼回事？有什麼東西在電梯上面嗎？」綠豆手腳已經開始不聽使喚，就連嘴巴也無力控制發聲，說話也是零零落落。

「妳問我？」依芳同樣也是一臉驚恐，「我現在要去問誰？現在只有妳跟我，難道妳要我去問鬼嗎？」

在這樣種時刻聽到關鍵字，綠豆的手腳已經不是不聽使喚的等級了，而是像大中風一樣的全癱，虛脫似地跌坐在地，一點力氣也沒有。

「難道……真被我猜對了？」依芳的臉色隨即為之一變，立即大喊，「學姐，快點出去！快點！」

綠豆不明白她為什麼這麼緊張，不過她自己現在就是沒辦法快啊！每次遇到不乾淨的東西時，總是會有軟腿的現象，這種到死都不可能減輕的症狀，依芳又不是不知道。當她是爬蟲類，可以爬得很敏捷嗎？

「學姐，妳——！」依芳來不及罵綠豆，就已經察覺電梯開始不正常晃動，她沒有多餘的時間可以思考了，連忙一把拖住綠豆的左腳，把她拖出電梯。

幾秒鐘之間，只見電梯就像失控的大怒神般迅速墜下，隨後猛然爆出一聲巨響，隨即揚起一片灰黑的塵土。

竟然真的被依芳說中了！

依芳這烏鴉嘴，每次提到壞事時，都準到讓人哀哀叫！

「真的有人要殺我啦！」綠豆的淚水已經直逼關卡，若不是自己的個性很ㄍㄧㄥ，一般人早就崩潰大哭了。

「學姐，確定想殺妳的……是人嗎？？」依芳一臉慘綠，綠豆的臉色在聽到她的話後發黑了，背脊上一陣涼意讓她的腿又軟了一下！

既然所有現象都脫離科學根據，那麼現在的處境也很清楚了。綠豆現在願意下賭注，如果現在不是撞鬼了，她就叫猴子啪脫褲子去爬椰子樹吃香蕉！

「到底是誰對我這麼不滿？直接跟我面對面說清楚，不要用這種小人步數！」俗話說狗急會跳牆，把綠豆逼急，是直接「起肖」給大家看，她朝著空蕩蕩的四樓叫囂，一副準備來場生死決鬥的模樣。

「學姐，妳別把線上遊戲的氣魄用在現實生活好嗎？我們現在應該先想辦法離開這邊吧？」

「離開？」只有兩人存在的樓層裡，忽然傳來淒厲而飄忽的嗓音，「我好不容易才把妳們引進來，有可能讓妳們活著離開嗎？」

兩人只聽見聲音，卻沒看到絲毫的鬼影，但依芳已經感受到相當強烈的怨氣，而且這股怨氣非比尋常，足以讓她寒毛直豎。

這時，陰暗的天花板上面浮現一抹紅影，披頭散髮的模樣讓人看不見她完整的長相，兩人紛紛慶幸還好有那一頭恐怖的長頭髮，搞不好看到她真面目的時刻才真的是驚嚇指數破表的瞬間，因為有太多這樣的經驗了。

不過兩人卻也能瞧見大概的輪廓，紅影在牆上爬動，動作快地讓正常人的眼睛幾乎跟不上速度，在這詭異的空間裡，從模糊的紅影到可以清晰地看見帶著污泥又破碎的紅色洋裝，兩人嚇得節節後退，讓鬼影離她們起碼有五十公尺，忽然……

一張上下顛倒、七孔流血、五官扭曲又碎裂的恐怖景象，就這樣零距離地出現在兩人面前。

這下別說綠豆，就連依芳也不自主地放聲大叫，兩人不約而同地踉蹌好幾步，差連站都站不穩。

只見紅衣鬼影的右腳還黏天花板，整個頭上腳下呈現倒立的姿勢，就這樣和兩人臉對臉。

這傢伙……要瞬移都不會先通知一下喔！

「妳……妳……妳到底是誰？想要我死，總不能讓我死得糊裡糊塗吧！」雖然綠豆相當害怕，不過既然走到這地步了，好歹也要拚一下。

「我當然不可能讓妳糊裡糊塗地死。」飄忽不定的嗓音帶著偏激高昂的語氣，「不過，我會先讓妳知道我是怎麼死的！」

眼前身穿大紅色洋裝的厲鬼再一次瞬間移動，這回則是正常地將腳朝下，雖然她沒辦法踩到地面，好歹姿勢正常多了。

如今眼前的她不但腦漿四溢，整張臉破碎地難以辨別五官，她的肢體也呈現非常怪異的狀態；手臂像是沒有關節的布娃娃，朝下直晃蕩；左腳斷成兩截，小腿脛骨因為摔斷而形成銳利的尖角，硬生生地穿破肌膚；右腳則穿著高跟鞋，只是連鞋帶腳插在自己的後背！

「依芳，人家不是說穿紅衣的鬼就是厲鬼？這種鬼凶得不得了，不出幾條人命是不可能甘願的，不是嗎？」綠豆開始悄悄移動位置，她實在不想太靠近女鬼。

綠豆說的沒錯，穿著紅衣死亡的鬼魂最凶，所以很多含冤而死的人都會在死前穿上紅衣，為的就是死後復仇。聽說這種鬼的報復心極強，所以不怕白天，也不怕廟宇，可說是極為難纏的類型之一。

「賤女人，妳真的不知道我是誰嗎？我就是被妳害死的歐陽霖姍，我今天一定要妳為我的死付出代價！」歐陽霖姍的聲音在這幽暗的空間裡面不斷迴盪。

「歐陽霖姍？當初那個跳樓殉情還上報的校花?!」綠豆吃驚地差點咬到自己的舌頭，看著依芳道，「你們學校的審美觀未免太特別了？這種走出去就讓學校的花全都死光光的模樣也能當校花喔？」

依芳急著點頭，這麼少見的姓氏，應該不會認錯人才對，萬萬沒想到竟然是在這種情形下與同校同學相遇。

「喂！妳自殺就自殺，關我什麼事？」綠豆暴跳如雷地大喊。

「妳這不要臉的狐狸精，竟然把所有事情推得一乾二淨？」歐陽霂姍原本就不怎麼好看的臉頓時變得更加猙獰，心中燃燒的怒火徹底表現在她的頭髮上，因為……她那一坨黏答答的頭髮瞬間像是刺猬背上的硬刺一樣頂天立地……

「什麼狐狸精？妳是不是找錯人了啊？拜託妳下次要找仇家的時候能不能再看清楚一點？」綠豆不知哪來的膽量衝上前理論，連站在旁邊的依芳都快抓不住她。

綠豆一說到自己的感情就忍不住激動起來，她多年以來幾乎是異常悲慘地交白卷，話說的好聽就是未經人事的純情少女，但是說白一點就是乏人問津的壁花！她那乏味到根本起不了波濤的感情生活已經夠讓人鬱悶了，現在還平白無故地冠上狐狸精的稱號，也太冤枉了！

不知不覺中被甩在綠豆背後的依芳卻忍不住哀號，學姐到底有沒有搞清楚對方是厲鬼啊？這樣激怒人家沒關係嗎？就算她想發飆也看一下對象好嗎？現在可是在人家的地盤上耶！

歐陽霖姍陰森森地笑了兩聲，身影飄忽不定地移動，轉眼間「唰」一聲，直接貼近到綠豆面前。

就算綠豆再火大，一見扭曲血腥的面孔如此靠近，也登時嚇得踉蹌了幾步……更正……是好幾大步。

「賤女人，我怎可能認錯人？我還看過妳跟他有說有笑，妳還想否認嗎？」歐陽霖姍本來就不大好看，一但抓狂起來的嘴臉……還真看不出五官的正確位置。

「吼！我跟孟子軍是朋友！妳跟他怎樣都不關我的事，能不能拜託妳別把我這局外人拖下水？」綠豆雖然害怕，但是該說的話還是要說清楚，總不能平白無故被冤枉吧？

或許是綠豆的據理力爭獲得不錯的迴響，歐陽霖姍果真退了一大步，臉上流露出疑惑的表情。

「誰是孟子軍？」歐陽霖姍納悶地問。

「那個……不好意思，可不可以麻煩妳再重複一次？」綠豆的嘴角抽動了幾下，小心地提問道。

「我說『誰是孟子軍？』，妳聽不懂鬼話啊？」歐陽霂姍一臉不耐煩，顯然她對這個名字一點印象都沒有。

「哇靠！不是孟子軍是誰？妳害我連他的簡訊連看都沒看就全刪了，手機號碼也刪了，我沒有備份耶！」綠豆氣得想揍人，現在叫她上哪裡找電話號碼？虧她上次不但把滷蛋塞在人家的嘴巴裡，還揚言要戳瞎他的眼睛，這下子叫她怎麼見人？

「賤女人，到這種時候還在跟我裝蒜？」歐陽霂姍伸出通紅的長指甲，準備撲上前時……

「等等！」綠豆急忙伸手，示意她先停止動作，「妳最好把話給我說清楚，到底還有哪個男人？沒道理我有了男人卻不知道！」

「妳還不承認？克章口口聲聲說因為妳才要跟我分手，完全不顧我們多年的感情，毫不在乎我為他墮胎多次，還因此不能生育，若不是因為妳，我哪需要淪落到跳樓自殺的絕境？」歐陽霂姍悲憤交加，隨時都有抓狂的可能。

「剋蟑？小姐，拜託妳別開玩笑了，殺蟲劑的名字妳也拿來唬濫？」綠豆急著翻白眼，如果她是一隻魚的話，現在應該是翻白肚了，「我根本不認識什麼剋蟑還是穩潔的男人，我就說妳搞錯人了！妳要不要回去搞清楚再來啊？」

「不可能搞錯！妳說不認識這個人，分明就在說謊！他是妳們院內的員工，妳怎麼可能不認識？」

院內員工？別說綠豆，連依芳也相當疑惑，她們不記得自己所接觸過這個名字，唯一的印象只有停留在殺蟲劑廣告。

「難道……有人暗戀我？哎呀，別人要喜歡我也是沒辦法的事嘛！」綠豆忽然滿臉通紅，不知為了掩飾內心的竊喜，還是想遮掩臉上的潮紅，兩手急忙捂著雙頰，但是依芳發現她臉上的笑容已經足以塞下一顆饅頭了。

「這種事情到底有什麼好高興的？」依芳毫不客氣地潑了一桶冷水，「連對方是誰都不知道就被莫名其妙的情敵追殺，有誰比妳更衰？」

依芳總是這麼不識相，讓她多享受一秒會怎樣？綠豆氣憤的瞪了她一眼，不過卻也打從心底認同依芳說的有道理，這男人到底是誰啊？為什麼給她招惹這種麻煩？

任憑依芳和綠豆想破腦袋也找不出答案，歐陽霖姍根本也不想等她們找出答案，倏地一閃神，她已經飛撲至綠豆的面前，張牙舞爪地一把抓起綠豆，把她當成保齡球一樣甩了出去。

綠豆根本還來不及反應，轉眼間已經橫躺在地面上，她真怨嘆自己怎麼老是被當成玩具一樣丟著玩？也不知道是不是被摔出心得了，怎麼摔都可以呻吟兩聲再爬起來，簡直就像不倒翁。

「學姐，妳沒事吧？」另一邊的依芳著急地喊著，綠豆耍賴似地躺在地上，根本連動也不想動，心底暗想依芳這傢伙真沒人情味，只會在那邊窮緊張地嚷嚷，也不會上前來扶她一把？如果她再這樣摔下去還能存活，她應該可以考慮轉行當武打明星了。

「我現在還死不了！」綠豆咬著牙大叫，卻不想爬起來。

爬起來了，搞不好還要再被摔一次，乾脆躺著不動。

歐陽霂姍一聽到綠豆的回答，發出陰森至極的笑聲，迅速飄至綠豆的上方，身體和倒地的綠豆正好形成平行線，如果遠望看去，歐陽霂姍就像是覆蓋在綠豆的身上。

這下好了，本來拚死拚活賴在地上的綠豆，恨不得立刻起站起來逃得遠遠的……要死的是，身體卻不聽使喚！

「雖然『你可以再靠近一點』的廣告臺詞超轟動，但是真的不適合套在妳身上，妳不認為我們應該對彼此多一點了解再近一步接觸比較好嗎？」最後一句因為歐陽霂姍的逼近而顯得又急又快。

顯然，歐陽霂姍完全不打算理會綠豆的話，摔碎的五官比人體解剖的五臟還要來得怵目驚心，更容易引起所謂的嘔吐反射，只是現在無法動彈的綠豆不敢吐，因為她不敢想像噴射狀的嘔吐物會帶來什麼下場，更怕過於骯髒噁心的畫面會影響讀者繼續看下去的欲望。

歐陽霂姍的臉已經夠噁心，現在不但鼻尖對鼻尖，還大眼瞪小眼，只是綠豆一時找不到她的眼睛在哪裡……

「依芳，妳死到哪裡去了？看不出我被鬼壓床了嗎？」綠豆又開始鬼叫了，怎麼依芳在這種關鍵時刻總是慢吞吞？難道不知道學姐的生命很寶貴嗎？

咦？依芳這回不是慢半拍……而是連一拍都沒有！怎麼到現在連屁都沒放一個？她該不會臨陣脫逃，不說一聲就落跑了吧？

「賤女人！妳別再叫了，當妳被我摔出去的時候，妳的學妹早就躲在牆角連動都不敢動了。她都自身難保，妳認為她能幫妳什麼忙？」歐陽霂姍嘻嘻笑的聲音實在刺耳，無奈綠豆卻沒有選擇的餘地。

只是，依芳的反應令綠豆覺得納悶，這不大像她平時的風格，雖然嘴上老是抱怨，但是一但遇到狀況總是硬著頭皮迎戰，不曾退縮，這一回事怎麼回事？她出場的次數會不會太少了一點，怎麼可以都由她獨挑大梁？

「喂！妳別賤女人賤女人叫個不停，我在說妳有沒有在聽？我對天發誓，我真的不認識妳口中的剋蟑！不然妳告訴我，他到底是哪一科或是哪一個部門的員工？我把他找出來好當面對質。」綠豆很想閉上眼說話，但真的一閉眼，所有的恐怖畫面全都浮現腦海，比睜眼還難熬。

「我不知道他在哪個單位！」歐陽霂姍雖然五官不端正，但是綠豆堅信自己瞧見她眼中的落寞，「他從不准我干涉他的事，一向非常神祕，我只知道他是醫師，其他一概不清楚，連工作的地方還是我偷偷跟蹤才發現，也就是那時候我發現妳跟他打情罵俏，還敢說你們不認識？克章都親口跟我承認，現在妳說什麼我都不會信！」

「打情罵俏？妳自我解讀的能力還真不是普通的好，我怎麼一點印象都沒有啊？妳這女人……呃……女鬼是智障還是白痴？連對方的工作都不清楚，這種一天到晚搞神祕的男人妳還為他去死？妳到底有沒有腦袋？妳怎麼對得起妳的爸媽？」現在可好了，連要找人對質都有困難，綠豆有種欲哭無淚的感覺。

綠豆沒想到自己的一時口快卻徹底激怒歐陽霂姍，她想趁機起身，卻發現身體整個浮了起來，甚至越來越高，眼下景色也變得不一樣了。

「妳有什麼資格罵我？我會這麼悲慘，全都是妳造成的！我要妳和我一樣痛苦，我要妳嘗嘗我死前的痛苦，讓妳知道摔死是什麼滋味！」

綠豆已經看不見歐陽霂姍的身影了，但她的聲音卻迴盪在自己身邊，四周黑壓壓一片，只有淒厲風聲在耳旁呼嘯而過，完全未知的環境和狀況是扼殺理智的最佳選擇，綠豆完全不曉得自己離地面有多高，只能猜想等一下應該會摔得很慘……

依芳這傢伙到底在搞什麼鬼啦？如果她再晚一點出現，自己就要摔成肉醬了！

「妳明白我當時的徬徨無助，明白我的悲憤淒涼嗎？我穿上紅衣紅襪，為的就是今天！本來以為厲鬼可以肆無忌憚地報仇，但妳老是躲過一劫，當初若不是忌憚鬼差會再次出現，我早就直接出面要了妳的賤命！這口悶氣我忍了許久，今天總算讓我等到了！」

「欸欸欸！還沒搞清楚是怎麼回事，妳就動手有違江湖道義吧？我跟殺蟲劑說過話，不代表我跟他有一腿，人家抓姦也要抓在床，我也只不過跟他說過幾句話，妳這樣就要我死，會不會太霸道啊？再怎麼……啊——」綠豆的廢話很多，不過還說不到一半就受到地心引力的招喚，尖叫聲瞬間貫穿整個空間。

綠豆感覺到身體不斷下墜，心中冒出無限悔恨，想著早知道就交個男朋友再說，早知道就買爆網購，早知道就……

「別叫啦！」

倏地，依芳的聲音從左耳傳來，綠豆像是溺水者找到浮木一樣的趕緊往左邊一抓，咦……她是不是用力過猛，抓到什麼不該抓的地方……

第十二章　錯愛事件（十二）

「學姐，妳抓著我的鼻子幹嘛？我快不能呼吸了啦！」現在輪到依芳尖叫了，「妳給我睜開眼睛，這一切都是幻覺！」

綠豆聞言，連忙地睜開眼，發現自己不但還在狹窄的電梯裡，而且……而且怎麼大家都在電梯裡？

綠豆所謂的大家，除了自己、依芳和歐陽霂姍外，還多了兩名和歐陽霂姍差不多驚嚇指數的生面孔，這樣一擠，感覺電梯顯得更擁擠了。

兩名生面孔正押著歐陽霂姍，歐陽霂姍的表情則充滿驚恐。

「這是從什麼時候開始的幻覺啊？電梯不是摔爛了？這兩位又是從哪裡竄出來的朋友啊？我現在是不是已經掛了？我們現在是不是正搭乘前往黃泉路的電梯啊？」綠豆看起來果真受到不小的驚嚇，連聲音都在抖，而且她早就腿軟地癱坐在地上，完全使不上勁。

依芳難得展現平時不多見的貼心，蹲在她身邊道：「打從一踏進電梯，所發生的每一件事都是幻覺！當妳被摔在地上時，我就發覺了，而且我早就有所準備。」

依芳望著歐陽霂姍，語重心長道：「妳說好不容易才找到機會引學姐上勾，卻不知道我是螳螂捕蟬，麻雀在後，我料到妳一定會找上門，所以早就做好準備了。」

依芳拿起自己的包包，發現裡面滿滿的畫上符咒的黃符和硃砂筆，「當我在牆面上貼符時，就發現那是電梯的材質，而且為了避免我自己也陷入幻覺中，我早就將硃砂點在雙眼上，然後趕緊寫下緝陰令，讓兩位鬼差大哥前來羈押逃犯。」

緝陰令等同陰間通緝令，若經由陰間證實名單上的人名證實是陰間逃犯，將會立即進行追捕。好險陰間的辦事效率比陽間好，不然哪有辦法在這麼短的時間內解決？

「歐陽霂姍，妳隸屬枉死城的囚犯，不但躲避鬼差引妳前去報到，甚至危害人類，干擾陰陽平衡，實屬罪加一等，快隨我等回去覆命！」鬼差大哥說話的時候不但面無表情，而且連嘴巴都沒動，綠豆都搞不清楚他是從哪裡發出聲音的。

「我不是逃犯！我不是！」歐陽霂姍急著辯解，「我沒有真的殺人，我只是嚇她而已，我只不過嚇她兩次……真的……」

無奈鬼差根本不聽歐陽霂姍的話，強行架起她，迅速地隱沒在電梯之中。

「呼！總算解決一件事，可以無後顧之憂地放假去了！」依芳突然像個孩子一樣笑了起來，看得出來她相當期待這次的假期。

癱在地上的綠豆卻張大嘴巴，一臉不可置信，原來這傢伙這麼積極，甚至犧牲她的睡眠時間，竟然只是想安心放假！

「妳為了放假，居然拿我當誘餌？被當成出氣筒摔到腿軟的人是我耶！妳看我都流血了！」綠豆抬起破皮而冒著鮮血的手肘，齜牙咧嘴地大叫。

「我從小喝符水長大，我的血雖然不如硃砂，但是也有鎮煞效果，哪可以輕易浪費？」依芳趕緊扶起綠豆，臉上揚起輕鬆而燦爛的笑靨，「學姐，這下子終於沒事了，我們可以安心地逛街了！」

「呃，我們可以改變行程嗎？看電影行不行？我沒力氣走路了……」

解決綠豆的問題後，原本是大夜班班底的依芳總算鬆了口氣，電梯事件的兩天後就包袱款款地放假去了。她的位置，就由嚕嚕米前來遞補。

今天一開始上班，大家一如往常地開始忙著平時的常規治療，就算沒有突發狀況，光是每天固定的工作量就足讓醫護人員也要忙碌好一陣子。

只是有件事讓阿啪覺得非常怪——今天的綠豆出奇地安靜。今晚前一階段的工作完成後，綠豆就這樣沉默地坐在護理站，不寫護理紀錄，也不整理病歷，像座雕像一樣地坐在椅子上，動也不動。

「綠豆，妳今天是舌頭被狗咬了嗎？這麼安靜啊？」

阿啪故意逗她，雖然上班總是很忙碌，但是不和她鬥一下嘴就是渾身不舒服。

綠豆仍舊安靜地坐在護理站角落，動也不動，別說沒有回嘴，就連回頭看一下阿啪也沒有，渾身散發的沉默有著無形的壓迫感，臉色也相當怪異，阿啪甚至開始懷疑是否今晚的燈光有問題，不然為什麼看見綠豆的臉上泛著青光？

「綠……綠豆……妳今天心情很不好喔？」

阿帕畏畏縮縮地往後退了一大步。

現在的綠豆真的超不對勁，兩眼無神不說，嘴邊浮起令人毛骨悚然的弧度，看上去不像哭，也不像笑，整理看上去形成相當詭異的表情。

現在到底是怎麼一回事？

阿帕沒辦法控制地渾身冒冷汗，她和綠豆工作這麼久一段時間，從不曾見過她這麼安靜過，靜得令人害怕。

不行！她覺得今天的綠豆太不對勁了！若要測試看看綠豆到底有沒有問題，有一個辦法……

「綠豆，聽說明天妳喜歡的歌手會到我們醫院附近辦簽唱會喔！」阿帕極力想掩飾心中的不安，還勉強地笑了兩聲。

她開始懊惱依芳為何剛好今天休假啊？萬一真的有什麼沒辦法控制的場面，該找誰求救啊？

往常的綠豆，要是聽到那個歌手的名字，肯定兩眼放光，激動地抓著自己問細節，但現在，綠豆不但沒有預期中的熱烈迴響，甚至猛然站起身，筆直地走向單位的大門。

這實在太怪了！

而且仔細一看，她走路的背影也很不對勁，不但一拐一拐像是拖著走，上半身也非常不自然地擺動手臂，如果不是阿啪確定綠豆身上沒有受過傷，否則真的會以為她的手臂……骨折了……

「綠豆，現……現在……是上班時間，妳……妳現在要去哪裡？廁所……廁所在這邊耶！」阿啪不敢過於靠近，只能緊跟在她背後大喊，阿啪生平第一次為了綠豆而緊張地連內衣都濕了。

但是，綠豆卻充耳不聞地繼續走，眼看就要走出大門了！

最令人吃驚的畫面還在後頭，綠豆竟然不用感應卡，而是粗暴地拉扯著門上的門鎖。

這怎麼可能？

綠豆這三年進出單位的次數比回家次數還多，怎麼可能不知道要用卡開門？

這個綠豆……真的是綠豆嗎？

「嚕嚕米！嚕嚕米！」阿帕心中不祥的預感越來越強烈，忍不住大聲呼喚另一名上班的同伴，只希望有個正常人能夠幫忙想辦法。

正在備餐室幫病人泡牛奶的嚕嚕米急忙衝出來，手上還有明顯被熱水燙傷的紅印，一臉驚慌失措地嚷著：「哪一床要急救？是哪一床？」

通常阿帕會這樣大喊就表示有狀況，而阿帕千年不變的狀況就是要開始準備急救了，這根本就是她們大夜班的基礎課程。就算這是必備的上班程序，不過以嚕嚕米那種神經質的個性，外加是單位最小咖的角色，每次遇到這種狀況還是緊張地如臨大敵。

「是我快要急救了啦！」阿帕急忙拉著嚕嚕米低聲說道，「綠豆很不對勁，我怕等一下會出狀況，我們該怎麼辦？」

嚕嚕米隨即伸長脖子看向站在大門前的綠豆，只見綠豆現在已經不是粗魯，而是殘暴地敲打著門鎖，光是看著她的背影，就有種莫名的壓迫感。

只要是在醫院工作的人都知道特殊單位的門需要刷感應卡才能開啟，那張感應卡明明就掛在她的脖子上……

「妳……妳現在……現在說的不對勁……是什麼意思？」神經已經敏感的快打死結的嚕嚕米，恨不得今天放假的是自己，她看著阿帕憂心的神情，腦袋開始不受控制地想很遠，牙齒也不爭氣地發顫起來。

「趕快打電話給依芳，快點！」阿帕實在想不出更好的辦法了，只好趕緊找救兵。

就在這時候，傳來清脆卻相當真實的「啪」一聲，綠豆因為動作過於激烈，脖子上的感應卡正好掃過感應器，大門竟然打開了！

阿帕和嚕嚕米對看一眼，彼此眼中都充滿著「糟糕」兩字。

嚕嚕米連忙衝到櫃子裡拿手機，而阿帕則是趕緊跟在綠豆身後，怕她做出什麼傻事。

只見綠豆踩著凌亂而急促的步伐進了電梯，阿帕卻在電梯前停了下來，她擔心萬一進去之後，綠豆攻擊她的話，豈不是沒地方逃？

正在猶豫到底要不要進電梯時，電梯門竟然冷不防地關了起來。

「現在該怎麼辦啊啊啊！」阿啪急地在原地打轉，要追上去嗎？但是要怎麼追？她哪知道綠豆會停在哪一層？就算追上去了，又該怎麼處理？她根本一點頭緒都沒有。

有沒有人能來幫忙啊！

坐落在鄉下小地方的三合院外，一片安祥，微風徐徐掃過小屋外面的樹梢，搖曳生姿的枝幹在玻璃窗上留下跳躍的音符，一切是這麼的美好，悠揚的樂曲正要開始……

但是，床頭上的手機傳來一陣刺耳的音樂，彷彿是帶來不幸消息的變奏曲。好不容易調回時間入睡的依芳看了手機旁的鬧鐘一眼，現在才凌晨兩點，根本睡不到兩個小時！

明天一早就要趕車到墾丁和朋友們會合，盡快入睡是她現下最重要的計畫，到底是哪個白目來破壞她好眠的！

她忍不住在嘴裡咒罵來電者，更火大自己怎會忘記關手機。

拿起手機，看見螢幕上顯示著嚕嚕米的電話號碼，當場縮進被子裡，打算來個相應不理。

但是電話鈴聲像是瀕死的呻吟，不但響個不停，而且一打再打，直到鈴響第三次的時候，依芳氣極地踹開棉被，恨不得把手機摔爛。但她心底也隱約知道，一連打來三通電話，只怕真的有事找上門。

「如果妳是打電話來叫我起床尿尿，我發誓明天我會殺回單位，把手機塞到妳嘴巴裡！」接起電話的依芳就是一陣亂罵，誰都知道她最重睡眠，最痛恨有人打擾她的睡眠時間。

電話另一頭的嚕嚕米卻傳來相當慌亂的聲音：「依芳，綠豆學姐怪怪的……」

「她哪一天正常？她怪又不是一天兩天的事，需要為了這種事情在這種時候打電話給我啊？」依芳忍不住提高自己的音量，恨不得立刻掛上電話。

「不是啦！綠豆學姐整個人……整個人就是很怪，她現在已經走出單位……」

「嚕嚕米，現在是半夜，我沒心情跟妳們開玩笑！妳跟學姐說，這一招太老套，我懶得跟妳們浪費時間。」言下之意就是準備說晚安了。

「依芳！」

難得好脾氣的嚕嚕米竟爆出了怒吼，「現在不是開玩笑的時候，綠豆學姐真的出事了，她看起來……看起來好像想自殺的樣子！」

嚕嚕米一本正經的語氣登時讓依芳大笑出來：「自殺？她那種樂天到天塌下來都能搞笑的個性會自殺？那全世界的人起碼都要死一半了！」托這通電話之賜，依芳已經清醒一大半了，「嚕嚕米，我警告妳，妳們要是聯合起來……」

「如果我是在跟妳開玩笑，我嚕嚕米就從 101 的地下室裸奔到頂樓，而且決不坐電梯！我嚕嚕米只要沒喝酒，說話絕對算話！」嚕嚕米不等她說完，就急忙接腔。

嚕嚕米一下班就喜歡去夜店喝點小酒紓壓，在單位是出了名的喝酒天后，也是相當有名氣的願賭服輸天王，因為她說出口的賭注全都會做到，現在是她的上班時間，當然不可能喝酒，顯然她很清楚自己下了什麼賭注！

哇，這麼狠的賭注都敢講，這下子依芳完全醒了，看樣子好像真的不是惡作劇。

嚕嚕米一聽依芳終於相信，飛快地奔出單位，將手機遞給阿啪。

「依芳，現在綠豆搭著電梯，我不知道她要去哪裡，該怎麼辦？」看著剛關上的電梯門，阿啪語氣焦急地問。

「電梯現在是往上嗎？」依芳立即跳下床，抓著電話開始來回踱步，最近綠豆的確出了不少狀況，若說有什麼詭異現象發生也不奇怪，只是她最近的事情都平安落幕了，怎麼還有怪事發生？

「如果是往上，趕快跟到頂樓去！」

只有這個可能了！聽這跡象和平常的種種意外，再加上綠豆的體質，唯一能去的地方……只怕就是那裡了。

阿啪連忙搭上另一臺電梯，嚕嚕米則是當機立斷地請二樓同事先幫忙看照病患，隨後也跟著上頂樓。

兩人一衝上頂樓，發現綠豆正搖搖晃晃地爬上頂樓圍牆，以現在這種情況走到圍牆還能幹嘛？這個電影演多了，不用想也猜得到……

阿帕與嚕嚕米對看一眼，嚕嚕米趕緊衝上前，用力地將綠豆扯了下來。

嚕嚕米的個子雖然不高，但是身材圓潤飽滿，加上人在情急之下的腎上腺速會急速成長，怎麼說都不可能揣不動綠豆分毫。

「阿帕學姐，快點過來幫忙！」嚕嚕米大叫，「我抓不動！」

阿帕跑上前，一把環住綠豆的腰，一邊嘴裡相當不客氣地大叫，「早就跟妳說過不要減肥，吃什麼代餐？現在派不上用場了吧！」

奇怪的是，兩個人竟完全拉不動綠豆，甚至還有被她一起拖上圍牆的跡象。

看樣子不是代餐的問題，而是綠豆的力量實在大得異於常人，就算結合兩人的力量，也完全無法壓制她，頂多只能稍微拖延她的速度罷了。

「依芳，我們拉不動綠豆，她……她看起來像是準備要跳樓耶！」阿帕趕緊抓起還沒斷線的手機，按著擴音鍵，朝著話筒激動地大叫。

正在房間裡來回踱步的依芳也急得團團轉，她納悶地暗忖，當初那件事不是解決了嗎？為什麼綠豆還會搞出這花樣？就算綠豆的磁場的確很容易引來孤魂野鬼，但如果沒有強大能量的惡鬼，是無法附身在人體身上的。

難道……上次的事件不如她們所想的這麼簡單？

「學姐，趕快去找七片榕樹葉，放在綠豆學姐身上！」依芳記得老一輩曾經說過，某些大廟的外圍會種植榕樹，一來榕樹可以避邪，二來榕樹是神明調兵遣將的據點，所以大家總是在晦氣的時刻會將單數的榕樹葉放在身上，以保平安。

「妳在說什麼啊？我們在醫院頂樓欸，有盆栽就要偷笑了，哪來的樹會種在這邊？何況我連榕樹長怎樣都不知道了，妳要我三更半夜到哪裡去找榕樹？」阿啪的語氣充滿無奈，「柳樹行不行？起碼我還知道柳樹長怎樣……」

「有沒有更簡單的方法？」在旁邊用盡全身力氣的嚕嚕米聽到阿啪的對答，忍不住大叫。

阿啪以為現在是在菜市場買菜嗎？還可以任君挑選啊？她們可是離圍牆是越來越近了！

「那趕快去抓一把米加上鹽巴，用力往綠豆身上灑！」依芳想到最簡單的方法就是這個。

「米？」這下子阿啪叫得更大聲了，「我們都是老外，一天到晚老吃外食、吃便當，哪來的白米？今天便當吃剩的白飯行不行？」

這個也不行，那個也不行，依芳真的陷入困境了，她不在現場的情況下，還有什麼辦法？到底還有什麼辦法？

此時手機傳來嚕嚕米慘烈的吼叫聲：「她要翻過圍牆了啦！快點把她拖住……阿啪學姐，請妳發揮猴子的原始本能，使出野獸的力量行不行？我的精力已經快要耗盡了啦！」

依芳心急如焚，再這樣下去，綠豆遲早會從十二層樓高的頂樓跳下去，到時必死無疑，到底是誰千方百計要綠豆的命？

沒辦法了，只剩這麼一招，現在只能死馬當作活馬醫。

「阿啪學姐，用力打綠豆學姐，想辦法把她打醒，就算會淪落到住院的悲慘下場，也要拚了吃奶的力氣勇敢地打下去！」依芳對著手機大叫。

阿啪一聽到是自己做得到的事，連忙扯過綠豆的衣領，毫不猶豫地給她一個響亮的耳光，清脆的巴掌聲甚至清楚傳進依芳耳裡。

嚕嚕米看見阿啪這股狠勁，當下也傻眼，將近三秒的石化當中只想著絕對不要得罪阿啪，看這力道，不難看出阿啪對綠豆積怨已深……

原本腳步不曾改變速度的綠豆果真停了下來，隨即以非常凶惡猙獰的表情怒視阿啪，嘴巴一張一合地吐出完整的一句話：「別擋我的路！」

這聲音……這聲音不但不是綠豆的聲音，而且還是雙聲道，感覺起來像是兩個人在說話。

嚕嚕米嚇得放開了手，雖然剛才就已經有心理準備，不過現在的跡象已經證實自己沒猜錯，絕對是鬼上身！

阿啪同樣也感到萬分驚恐，雖然平時綠豆老愛捉弄她，而且一天到晚跟別人宣傳她像猴子的事實，不過……再怎麼也是她的好朋友，工作上的好夥伴啊！

「綠豆，妳給我醒醒！」

啪！啪！啪啪！啪啪啪啪啪啪啪啪啪啪啪啪啪啪！

天啊，超恐怖的十八連啪，只見阿啪狂打綠豆巴掌，在旁邊的嚕嚕米發誓，絕對、千萬、死都不能得罪阿啪。她開始同情綠豆，懷疑綠豆醒過來不是腦震盪，就是智能低下……

「猴子啪！」挨巴掌中的綠豆冒出一聲暴怒，這才使得阿啪在控制不了速度的情況下又連打三個巴掌才停下來。

「綠豆？妳真的是綠豆吧？妳千萬不要騙我，我沒那麼好騙！現在妳回答我，海賊王裡面那隻麋鹿叫什麼名字？」阿啪不放心地繼續抓著綠豆的衣領，有種蓄勢待發的氣勢。

「阿啪，妳腦袋生鏽了是不是？竟敢在三更半夜打我還問這種莫名其妙的問題……」綠豆被打得眼冒金星，恨不得立即抓住阿啪的頭髮，也回敬幾個巴掌。

「妳答不出來？那妳絕對不是綠豆！綠豆最愛看海賊王，不可能連最簡單的問題都回答不出來！」

阿啪隨即揚起手，眼看又要來個恐怖連鎖十八啪續集……

「喬巴啦！喬巴！喬巴！」綠豆實在被打怕了，「船長是魯夫，武藝最好又是路痴的是索隆，廚師是香吉士，最愛錢的是娜美啦！」她急忙開始介紹海賊王的基本人物，就怕再讓阿帕這樣打下去，她連腦漿都要從鼻孔噴出來了。

聽到正確回答，阿帕鬆了一口氣地放下手，又有些不放心地問：「現在看海賊王的人很多，回答這問題也沒什麼難度！那我現在問妳，妳現在玩的線上遊戲ID是什麼？」

「吼，阿帕，妳當我現在參加百萬大富翁嗎？」綠豆咬牙切齒，現在完全不知道阿帕到底在搞什麼鬼，但是眼角已經瞄到阿帕的手又再次高高舉起，眼看又是一次慘絕人寰的悲劇即將上演。

「我有……我有兩個角色！一個叫『我愛一根柴』，一個叫『轉角遇到鬼』！」綠豆連忙回答。

真是的，阿帕當自己在審問犯人啊？

「我還可以告訴妳，妳兩隻角色的ID是『老爺壞透了』和『十八禁火辣小護士』，依芳是『騎豬爬山看月亮』，我們自創的血盟叫『火辣護士功德會』，妳還要誰的ID？我全都告訴妳啦！」

聽到這麼詳細的回答，阿啪高興地抱著綠豆又叫又跳，真的是綠豆回來了！

反觀綠豆感到莫名其妙，完全不知道現在到底是什麼情況，為什麼現在大家都不在單位？那現在是誰在照顧病人？

「依芳，現在應該沒事了，不過妳看要不要趕快回來，我怕綠豆學姐不知道什麼時候又要發作！」嚕嚕米趕緊撿起被阿啪甩落地面的手機，還好依芳那頭沒掛斷。

「我知道，天亮之後我會趕回去看看！」依芳從電話中已經聽到綠豆恢復正常的消息，終於放下心中大石，不過為了保險起見，看樣子只能犧牲假期了……

嚕嚕米掛了電話，看著阿啪學姐的眼中帶淚，一時搞不清楚她到底是喜極而泣，還是因為綠豆狠K她腦袋才掉眼淚……

「綠豆，我可不可以拜託妳一件事？」阿啪一臉正經地看著綠豆，顯然真的有事相求。

「什麼事？」綠豆隨著阿啪和嚕嚕米的腳步移動，只是感覺四肢仍然有點無力，臉頰發麻的幾乎沒什麼感覺。

「千萬、千萬、千萬不要照鏡子……」

怪談病院
第十三章　錯愛事件（十三）

「阿帕——！」綠豆扯開嗓門大叫著，現在她只感覺兩頰像是泡在麻辣鍋裡面翻過來滾過去，麻辣燙這三字的形容對她是再貼切不過了。

反觀正在護士宿舍裡面昏昏欲睡的阿帕一聽到這麼恐怖的吼叫聲，想也知道綠豆八成看到鏡子了，趕緊衝下床，連鞋子都來不及穿就直奔大門。

無奈她連門把都還沒碰到，就被綠豆撲倒在地，只見抓狂似地扳住阿帕，兩腳夾在她的脖子上，不斷使勁地拉緊阿帕的手臂，只聽見阿帕哀哀叫的聲音。

原本遭受到一整晚的驚嚇轟炸，早就攤在床上陣亡的嚕嚕米一聽見慘叫聲，飛也似的衝上前，大叫著：「學姐，別這樣啦！快點放手……不……不是，快點放腳啦！」

「妳竟然把我打得像豬頭？讓妳嘗嘗我的奪命剪刀腳，夾暴妳的頭！妳說，妳投不投降？說啊！妳說啊！」綠豆漲紅了臉，在阿帕耳邊嘶吼。

「學姐！阿帕學姐的臉都快變成發黑的豆腐乳了，妳勒住她的脖子是要她怎麼說嘛！」嚕嚕米尖叫著，不清楚綠豆到底是否又鬼上身，開始考慮是不是該到外面去討救兵。

房間內一陣兵荒馬亂時，門卻忽然被推開了，出現在門口的正是一身風塵僕僕的依芳。

依芳近乎呆滯地看著眼前畫面，雙頰紅腫的和躺在供桌上的麵龜足以稱姐道妹的綠豆，正以相當奇怪的姿勢夾著臉色不只是發青、就連眼睛跟舌頭都快要外吐的阿啪。

兩人倒臥在地板上打滾，連一旁的嚕嚕米也驚慌失措地趴在地上，整個畫面就是散發著一股說不出口的不舒服。

「學姐，妳是周星馳的電影看太多？還不快點放下妳的腳！想在妳出事之前先抓阿啪學姐陪葬嗎？」依芳見綠豆精神好得不得了，當下心中揚起一把無名火，再怎麼說也該輪到她連休了吧？現在竟然為了眼前活蹦亂跳的綠豆犧牲原本排好的墾丁之旅！

綠豆見依芳的臉色不善，悻悻然地放了阿啪一馬，好不容易吸到新鮮空氣的阿啪用力地深呼吸幾次，要把剛剛沒吸到的氧氣全都吸回本才行！

「綠豆學姐，人家我和阿啪學姐也是好心留下來，就怕妳有什麼意外，妳……妳這不是過河拆橋嗎？」嚕嚕米一臉委屈，心想阿帕沒回家，自己也特地從另一頭的宿舍房間搬過來陪她，怎知道綠豆比抓狂的獅子還要恐怖。

「拆橋？我連阿帕的骨頭都想拆了呢！」

「臭綠豆，妳不感激我就算了，還跟我玩真的！妳也不想想，沒有我，妳今天還能活著打我嗎？咳咳，如果我當時不這麼做，妳這顆綠豆不只是變成紅豆，還是出汁的紅豆湯……」阿帕邊說邊咳，儼然還沒意會到自己猶如七月半的鴨子，最好話越少……越好。

果然綠豆在頭頂上燃燒的怒火燒得更旺了，若不是依芳和嚕嚕米一起衝上前架住她，只怕她就要使出鴛鴦乾坤麻花鎖，綠豆這傢伙平時不多看點護理專刊，老愛看周星馳……現在學周星馳的花樣特別多，是不是中毒太深了……

「那妳也不用把我打成這樣嘛！害我今天照鏡子還以為自己看到鬼，妳分明是公報私仇，不知情的人還以為我遭到家暴，連我自己都想去報警了！」綠豆仍然恨恨不平地嚷著。

這回阿帕很有骨氣地抬頭挺胸，一臉得意而迅速地伸出小香腸食指，毫不遲疑地指向現在正在自己對面的依芳，「是依芳說要狠狠地打，就算打到住院也要打到妳清醒為止！」

好樣的，現在倒是把所有責任都推到自己身上來，依芳的嘴角忍不住有微微抽動的跡象了。

「非常時期就要用非常手段，這也是沒辦法中的辦法！」依芳耍無賴似地一攤手，語氣也甚是無奈，不過當她再一次端詳綠豆的尊容，差點忍不住爆笑出聲。

阿啪未免出手太重了……

要不是她們知道綠豆的腦殼比別人還硬，她恐怕又要進醫院了。

綠豆狠狠瞪了其他三人一眼，想繼續開口罵人，不過臉頰上的灼熱感越來越明顯，登時澆熄她展現河東獅子吼的欲望。

「依芳，昨天到底是怎麼回事？妳倒是跟我們說清楚啊！」嚕嚕米一臉焦急地想知道答案。

「說真的，我不知道。」這問題真的難倒依芳了，這一回，她真的沒辦法進入狀況。

歐陽霂姍事件分明已經落幕，怎麼還會出狀況？難道除了歐陽霂姍，還有其他惡鬼躲在陰暗處虎視眈眈？但是到底是誰和綠豆有這麼深的仇恨，必須置她於死地不可？

依芳真不明白，她明明只是一個想走臨床討口飯吃的平凡小護士，如今搞得像是金田一似的，不但要忙著上班，還要忙著推理找凶手。

「對了，照片！」依芳忽然想到那天的報紙，「我之前就覺得報紙上那道光影非常奇怪……」

除了照片，依芳猛然回想起歐陽霂姍曾在無意中說過一句話——「**就算我變成厲鬼不怕白天的陽光，但是我在日光下停留的時間有限，要我出手也非常勉強……**」

如此說來，歐陽霂姍不可能出現在運動會場上才對，要是她看見的光影真的有問題，那麼肯定另有其人……不對不對……是另有其鬼。

「可是之前我們也同時翻閱其他家的報紙，只有那一張有問題，而且又那麼模糊不明顯……」嚕嚕米雖然相信綠豆卡到陰，但還是不覺得那張照片能帶來什麼訊息。

「上網找！」依芳果斷地下命令，反正現在要找什麼資料，上網找就對了！「將當天所有的照片和影音全都找出來看一遍，除了記者所拍攝的照片外，應該還能找到其他資料！」

綠豆二話不說立即奔向書桌，依芳也趕緊打開自己的電腦，阿啪和嚕嚕米則是挨緊兩人坐了下來，眼睛完全不敢離開螢幕。

一打關鍵字，一連串資料連續好幾頁，明明只是短短幾分鐘的意外，竟然引起如此熱烈的迴響，這下子四人不知應該高興資料豐富，還是該怨嘆資料恐怕多得看不完。

「網路力量果真無遠弗屆，不論什麼漏網鏡頭都被PO上網，也就是說當天會場裡也有許多人手中拿著手機拍照和錄影，不過與綠豆有關的畫面占了絕大多數，這下子妳真的紅了！」阿啪充滿驚嘆的語氣讓綠豆感到很不爽。

「吼，這根本沒什麼好得意啊！」綠豆故意瞪了阿啪一眼，心中暗想妳去摔一次看看……

點閱一連串的資料後，忽然瞧見院內員工的部落格中，放置著當天一百跨欄的畫面，一開始的主角並不是綠豆，只是畫面不小心帶到她，而那畫面正是綠豆準備摔倒的瞬間，雖然畫面帶得很快，影像也因為鏡頭晃動的緣故有些模糊，就那麼零點零一秒的時間，眼尖的依芳發現不對勁。

這篇影片的拍攝效果不是很好，顛簸的當下造成許多殘影，所以那道奇怪的光線並不會特別引人注意，搞不好粗心的人就會認為只不過是殘影的一部分。

依芳再三重播候，才將畫面暫停在她認為怪異的那一刻！

果然，那道光影又出現了。

「這道光影……的確是存在的！妳們有沒有發現我們看了這麼多的照片和影片，結果大家拍攝的時間和畫面都不一定相同，但是有光影的畫面全都在同一個時間？報紙那張照片在妳跌倒的那一瞬間，這段影片也是在妳準備跌倒的前一刻，也就是說在那一瞬間，妳背後的確有奇怪的光影存在，只是目前仍然不確定是什麼。」

醫院活動這種地方新聞，其實只是拿來墊檔的，根本引不起讀者多大的興趣，所以版面也占不了多少。

派去的記者也是大概拍個畫面，回去能交差就夠了。何況綠豆也不是什麼大人物，記者自然不可能事先跟著她，當時只有其中一名記者原本計畫拍個比賽畫面之後就收工，怎知道卻意外拍到如此戲劇性的瞬間。

其他家記者見識到綠豆的高超摔跤技術後，才紛紛加入攝影行列。所幸綠豆也像是專業的特技演員一樣，一摔再摔，絕佳的表現完全沒讓記者們失望，所以各家採用的照片幾乎都是慢半拍的影像，加上所謂靈異影像並不是那麼容易就能被拍到，有可能大家同時拍攝，卻僅有其中一臺拍到異常畫面，這種現象根本無從解釋原因，因此光影被拍到的機會更是微乎其微了。

「依芳，妳的意思是綠豆那時的摔倒不是意外？」阿啪問。

「有可能。我懷疑學姐在那一瞬間有受到外力的影響，並不完全是自己造成的意外，也就是說她有可能是先被推倒，然後造成後面一連串的蝴蝶效應！如果這現象不是歐陽霂姍所造成，我實在猜不出來這東西到底是什麼原因，用意又是什麼？」

此時的綠豆頻頻深呼吸，開始努力回想當時情況，「妳這麼一說……我忽然想起一件事，那時候的確感覺到好像有人在我後面推了一把，不過我不是那麼確定……」

當時摔得太突然，衝擊力又那麼強，綠豆根本沒時間注意當下情況。

「當時我們都以為是歐陽霙姍造成的，但現在她恐怕已經安然踏過奈何橋了，我們也沒辦法把她抓過來問清楚了！」綠豆實在想不出自己到底又得罪誰，難道自己的命真的這麼坎坷？不管什麼事都一窩瘋地找上自己？

現在實在不是計較自己失算的時候，應該趕緊找出始作俑者才對！到底是誰一心想害綠豆？

「依芳，妳不是看得見嗎？那天比賽的時候，妳都沒看見什麼奇怪的地方？」嚕嚕米整個人縮在阿啪身邊，她最討厭遇到這種事了，不過既然自己在醫院裡面最要好的朋友遇到這種倒楣事，總不能不講義氣地一走了之。

「在大白天能出現的惡鬼可說是少之又少，就算撐得住陽光，也絕對挺不了多久，何況那時我全神貫注地盯著跨欄，哪有機會注意其他地方！」

大家知道依芳說的絕對是實話，她是出了名沒辦法一心二用的最佳代表，除了臨床或是遇鬼的狀況外，那種無法分心的嚴重程度，就連她自己正在簽名，只要有人在旁邊喊了一聲綠豆，都有可能讓筆下的名字變成綠豆兩字。

任憑四人想破了頭，也想不出個所以然，明知很多地方不合理，但就是沒辦法將所有事情兜在一起。尤其綠豆，更無法理解自己到底得罪誰，是誰這麼怨恨她，感覺非置她於死地不可？

「好煩喔！想不出來啦！」綠豆抱著枕頭大叫，就算再繼續討論也討論不出什麼所以然，忍不住自暴自棄。

依芳見到大家都累了，而且都是一籌莫展的模樣，她也忍不住嘆一口氣，恐怕這回不是她們自己的能力所能解決的。

「既然什麼辦法都想不出來，那我和嚕嚕米先去買晚餐，等吃飽飯再來打算吧！」阿啪不愧是加護病房裡面的好手，不但效率出奇地好，動作也相當敏捷，說話的同時已經在門外穿好鞋子了，房內的嚕嚕米則趕緊跟上。

隨著兩人的離開，依芳則是繼續盯著電腦螢幕，看著看著眼睛已經開始感到痠澀，眼前的光影也漸漸模糊，甚至產生殘影而導致影像重疊，根本什麼都看不清楚。

依芳力求振作地猛眨雙眼，連續眨眼的當下，一連串殘影不斷重疊，她忽然大叫一聲，慌張地從椅子上跌下來，驚慌失措地指著電腦螢幕。

「怎、怎麼了？」綠豆被依芳反常的神情嚇傻了，難道是怨靈從照片裡跑出來嗎？

「我……我……看出來那道光影是誰了……」依芳口齒不清地說著，視線卻不曾離開電腦螢幕。

「到底是誰啊？妳連身穿紅衣的厲鬼都不怕了，還有什麼鬼讓妳這麼害怕？妳不要自己嚇自己啦！」綠豆心想不論是惡鬼或是厲鬼都遇過了，甚至連鬼王都打過照面，怎麼說也算見過世面，依芳的反應會不會太誇張了一點？

「是……當初害死神父的鍾愛玉……」

依芳的答案像是一把銳利刀刃，毫不留情地往綠豆的心臟捅了好幾刀。

「鍾愛玉？她……不是被關在精神病院裡嗎？她又還沒死，怎可能會是她？」連綠豆也開始結巴了。

如果真的是鍾愛玉，事情就真的大條了。當初她們的梁子結得可深了，鍾愛玉被判刑而強制送進精神病院治療，不但是拜她們所賜，被逮捕前還被綠豆狠K了好幾拳，若說她要回來報仇，一點也不為過。

「我打電話問孟子軍，他一定知道鍾愛玉的近況……靠！我刪除他的電話了！」綠豆慘叫一聲。

「如果……如果我真的沒看錯，她一定會找上門！」依芳渾身打著哆嗦，鍾愛玉這人本身就會邪術，到底會做出什麼事情，誰也料不準。

「沒錯！我的確會找上門！哈哈哈哈哈！」狂妄而沙啞的聲音穿過依芳和綠豆的耳膜，彷彿在無形中給兩人一記重擊。

令人全身血液為之凍結的恐怖笑聲彷彿就在背後，兩人不約而同地回頭了。不回頭還好，一回頭就看見鍾愛玉的脖上有一道極深的刀痕，刀痕位在頸動脈，傷口還冒出黏稠又腥臭的血液。

更難以置信的是她身上還穿著精神患者的病人服，唯一不同的是衣服竟是帶著陰鬱的暗紅色。

也是紅衣？依芳的四肢雖然暫時忘了動彈，腦細胞也在瞬間死了不少，不過腦袋還能勉強運作，她從來沒聽過病人服也有紅色，如果她沒猜錯，是鍾愛玉脖子上的頸動脈湧出大量的血液所染紅。

動脈的血液量驚人，短短幾分鐘就能讓人失血過多而亡，要染紅一件衣服根本不是難事。如果真是如此，身穿血衣的鬼魂鐵定怨氣更深、厲氣更重，她和綠豆真的自身難保了。

「嗨……好久不見……」綠豆嘴角不停地抽搐，如果可以，她希望永遠不再相見。

只是綠豆相當納悶，鍾愛玉怎敢出現在宿舍？難道她不知道這裡是依芳的大本營？妖魔鬼怪一踏入禁區，絕對不會有好下場。

鍾愛玉詭異地咧嘴笑了開來，她還是依芳和綠豆頭一次遇見沒有摔碎或是沒有特殊造型的完整容貌，卻比其他所見過的鬼臉還要恐怖萬分。

原本就跌坐在地的依芳急忙往後移動，伸手就要拉開身後的抽屜，她一向把硃砂筆放在這個位置。

「妳們這兩個臭丫頭！我絕對要今天變成妳們的忌日！」鍾愛玉根本不等依芳拉開抽屜，才猛力一揮手，綠豆已然飛身往依芳身上撞去，兩人狼狽地倒地呻吟。

「等一下啦！」綠豆忽然扯開喉嚨大叫，「妳給點時間反應行不行？人家電影或是小說好歹也先營造一下恐怖氣氛，哪有人不來段前戲，就直接來啊！」

「哼，一段時間不見，妳還是一樣油嘴滑舌。」顯然鍾愛玉對綠豆印象深刻，「今天我就要拔了妳的舌頭！」

綠豆緊張地縮在角落中，以求救的眼神望向依芳。依芳就算不用思考也了解鍾愛玉的報仇欲望強烈，而且是得失心相當重的性格，今日前來絕對不可能好應付。她顧不得身上疼痛，俐落地一翻身，心想只要自己一拿出硃砂筆，起碼多了一些勝算。

喂！怎麼回事？桌子怎麼不見了？

依芳眼睜睜地看著房內所有擺設全都消失無蹤，卻無能為力。

「怎麼回事？硃砂筆拿起來了沒？」綠豆的聲音聽起來快哭了，沒有硃砂筆，等於沒有武器，現在該怎麼辦啊！

依芳宛若宣判死刑般地絕望搖頭，連她也只能走一步算一步了。

「當初是我太大意，當我死後的第一件事就是前來找妳們報仇，沒想到卻一時不察被硃砂筆擊傷，害得我只能躲在陰暗處養精蓄銳，妳們以為我會蠢得犯下同樣的錯嗎？」

鍾愛玉仰天大笑，自己被關在精神病院等同坐牢，說有多難熬就有多難熬，但是報仇的欲望反而與日俱增，甚至可以為了報仇不惜一死，只是備受監視的日子連要自殺都困難重重，好不容易偷偷藏起易開式罐頭的鋁片，每天偷偷摸摸地在水泥地上磨，直到鋁片就像刀刃一樣銳利，毫不猶豫的往頸動脈一劃，才完成自己的願望。

只是沒想到依芳的硃砂筆這麼厲害，令她傷了這麼久才回復，終於讓她等到可以復仇的一天了！

「所以那天晚上我看到的是妳？連樓梯間也都是妳？根本不是歐陽霖姍？」綠豆猛然發覺，原來歐陽霖姍就出現在單位那麼一次，就讓依芳在電梯裡收了她，她們完全沒想過還有另一隻鬼！

「是！都是我！若不是我被硃砂筆擊傷，我也用不著慫恿歐陽霖姍那個笨女人去找妳們報仇。本來師父告訴我將可以獲得一名得力助手時，還以為她變成厲鬼後可以助我一臂之力，沒想到她生前就膽小無知，只不過是得公主病的嬌嬌女，就算變成厲鬼，一樣什麼事也做不好，一遇到鬼差就躲起來不見蹤影，我實在等不及完全回復力量，只好自己勉強出手，才會每次都無功而返。」

師父？鍾愛玉的師父也參與了整件事？這麼說來，這是有計畫地對付她們？難道只是為了鍾愛玉被捕入獄就對她們痛下殺手？而且需要派兩隻厲鬼同時對付她們兩個弱質女流嗎？那個什麼什麼師父未免欺人太甚了！

「喂，妳該不會也跟那個剋蟑殺蟲劑有關係吧？他和妳師父到底有何居心，一再這樣陷害我？」綠豆面對越來越多的謎團，已經漸漸失去耐心了，為什麼每次總會出現莫名其妙的人物？

「誰准妳這樣汙衊我師父的名字？」鍾愛玉暴怒的神情讓臉部表情呈現不合常理地扭轉，膚色也在瞬間轉為青紫色，就像往生者的顏色……

相較於鍾愛玉的外觀，她說出的資訊讓兩人更為震驚，原來她口中的師父就是歐陽霂姍的男朋友，也就是說……那個男人為了對付她們，不惜設陷阱逼死歐陽霂姍，好讓他偕同鍾愛玉借刀殺人？

好可怕的男人！需要為鍾愛玉報仇而多賠上一條人命嗎？綠豆和依芳不由得渾身打起哆嗦，同時也為歐陽霂姍愛錯人而感到悲哀。

此時，綠豆猛然又聯想起一件事，記得上次的鬼娃娃事件，小鬼說過是一位叔叔把它放在停車場。醫院的地下停車場只有院內員工才能進出，那麼那個叔叔不就和那個克章一樣都是院內員工？

綠豆越想越不對，如今感覺起來，或許這一切不是巧合，全是預謀！是針對她和依芳的預謀！

可惜綠豆還來不及和依芳討論，鍾愛玉已經展開了攻勢。

她移動速度實在太快，不但在陰暗的空間內一會兒消失，一會兒現身，每次出現的位置都不一樣，而且還伴隨著恐怖淒厲的笑聲。

「這……這傢伙會瞬移啊？」綠豆已經退到無路可退，「我們該怎麼辦才好？」

「我才想問妳該怎麼辦，我現在腦中一片空白！」沒了硃砂筆，依芳整個人完全失去平時的冷靜，不知如何是好。

看著鍾愛玉現影的次數越來越頻繁，兩人的呼吸當然也就越來越急促，綠豆想也不想地直嚷著：「找玄罡！」

「妳忘了玄罡帶兵到地府鎮壓嗎？他現在哪有空過來？」依芳急得大叫。

對吼！綠豆完全忘了這回事，每次只要一出狀況，她就只想到玄罡，卻沒想到玄罡也有抽不開身的時候。

「那趕緊找神明護身，神明出公差也該回來了吧？就算他沒空下來，起碼還有……」綠豆話都還沒說完，紅色的影子已經衝向她們。

鍾愛玉心急的個性在這時一覽無疑，她不喜歡搞什麼慢慢凌虐致死啦、把受害者搞到精神崩潰或是大玩捉迷藏這種足讓人嚇破膽的無聊遊戲，她要一擊斃命她們！

她的動作太過迅速，依芳連要拿起掛在胸前護身符也來不及，還好這時候，綠豆適時地補上一腳，依芳順勢往左邊一倒，鍾愛玉撲了個空。

不過這一腳也踹得不輕，一時之間依芳也搞不清楚該感謝綠豆，還是懷疑綠豆對自己早就心懷不滿了。

「臭丫頭，竟敢壞我好事？」鍾愛玉原本的模樣就不怎麼好看，不過現在抓狂的樣子讓她的表情顯得更為猙獰恐怖，「等我解決林依芳之後就輪到妳！」

她嗆聲的架式讓綠豆不寒而慄，不過也因為鍾愛玉分心跟綠豆嗆了幾句，才讓依芳有機會扯下脖子上的護身符，一把貼在鍾愛玉的印堂上。

只見鍾愛玉渾身顫抖個不停，早已經變形的五官顯得更加的扭曲，兩手攤開搖晃，宛若殘風捲落葉般地拚命擺動。

「肖查某，不是很厲害？」綠豆一見到護身符就制服她，忍不住咧開嘴反過來嗆聲，「不是說要給我好看？現在是誰比較好看啊！」

沒想到厲鬼也這麼好解決，那剛才是怕假的啊？

綠豆在心底打好如意算盤，眼前的麻煩越快解決越好，這樣她還能趕在上班前好好補眠一下。

依芳拿著護身符的手始終不敢放鬆，死命地把護身符貼在鍾愛玉的印堂之上，只是原本表情相當痛苦的鍾愛玉陡然睜開眼，眼眶內一片血紅，正好和她身上的紅衣相稱，全身也霎時停止了顫動，臉上的線條驟時轉變為詭異的組合，尤其是當她歪著頭，緩緩面向依芳，揚起……陰森森的微笑。

「妳玩夠了吧？」鍾愛玉的笑容不斷地擴大……不斷地擴大……

第十四章　錯愛事件（十四）

鍾愛玉根本不怕護身符?!那她剛剛的痛苦是故意裝出來的嗎?

綠豆張口結舌，一時半會什麼話都說不出。

「她是厲鬼，還是個集極惡怨念於一身的厲鬼，一般的辦法對付不了她，她或許會怕護身符的力量，但是護身符根本擋不了她多久!」

依芳急忙縮回手，聲音中也流露出絕對的驚恐，現在情勢對她們而言真的相當不利，若是再拖下去，只怕自己一點勝算都沒有。

這次不用綠豆提醒，依芳立刻咬破自己的手指，也不知道是不是腎上腺激素在此刻有了突破性地成長，竟然毫不遲疑地扯破衣服的一角，看樣子在物資極度缺乏的情況下，一切只能自力救濟，將就將就了!

只是，綠豆卻在這時放聲尖叫:「林依芳，這是我最喜歡的襯衫耶!」

依芳竟然想也不想地就撕開她身上的襯衫，她不會撕自己的衣服嗎?綠豆承認曾經偷偷幻想過讓人撕開自己的衣服啦，不過她希望對方是個自己看得順眼的男人，而且不是在這種完全跟浪漫扯不上邊的見鬼環境好嗎!

「先給我應急啦!妳想活著出去再買一件，還是想把這件衣服當壽衣?」

依芳頭也不抬地回嘴。

每次她的回答都讓綠豆氣得快內傷，偏偏卻有道理的讓她無髮反駁，搞得她好像還應該為自己沒有露點而歡欣鼓舞。

依芳畫符咒的動作相當快速，卻快不過報復心強烈的紅衣厲鬼，鍾愛玉根本不讓她有絲毫機會，才朝著依芳用力揮上一掌，還沒碰到人，依芳就被強烈的鬼氣震開，狠狠撞上身後那堵牆。

這一撞的威力不小，依芳驟時只覺得體內的五臟六腑紛紛搬家，完全不在原本的位置上，最慘的是，她有種想把內臟吐出來的感覺。

「依芳，妳不要緊吧？」綠豆驚慌失措地跑到依芳身邊，趕緊查看她有沒有事？

「我……感覺自己快死了……」

依芳說出自己的肺腑之言，她從來沒有像現在這樣被重摔過，她不像綠豆豐腴的身材可以當保護盾，瘦弱的她甚至懷疑自己骨折了。

「依芳，算我求妳了！妳千萬不要丟下我，我不能沒有妳啊啊啊！」綠豆眼眶含淚，眼底的憂心展露無疑，她在這種危急時刻說出這麼感人肺腑的話來，頓時讓依芳也紅了眼，心想還好身邊還有學姐……

「妳剛剛也聽她說了，等她解決妳，下一個就輪到我了，所以拜託妳，千萬要挺住啊！」綠豆雙手合十地拜託，萬一依芳趴了，下一個就輪到她倒大楣了。

不到五秒的時間，依芳立即把眼眶裡的淚水縮回去，現在不用鍾愛玉再摔她一次，她就有種想吐血的感覺了。

鍾愛玉看到依芳像隻落水狗一樣落魄地倒臥在地，忍不住得意地放聲大笑起來，她要的就是這一刻，她等的就是今天！

唯一遺憾的是，她還沒見到林依芳跪在自己面前磕頭認錯！

「林依芳，妳總算嘗到痛不欲生的痛苦了吧？當初我所承受的是妳現在的一百倍，若不是妳當初壞我好事，害我失去神父不說，還被判了無期徒刑，只能在牢裡蹲到死！只要妳肯跪下跟我磕頭，我可以考慮讓妳死得快活一點！」

鍾愛玉一副置人於死地的殺氣之下更帶著狂妄，讓綠豆氣不過，忍不住挺身而出地叫囂著：「鍾愛玉，妳幹嘛針對依芳？當初是妳自己殺了神父，關依芳什麼事？說到底是妳自作自受，做人要認分、做鬼要認命，妳該往哪裡去就趕快去，別在這邊自找麻煩行不行？」

「作夢！」鍾愛玉根本沒把眼前的兩人放在眼裡，不管做人或是做鬼，她都不認輸！

「林依芳，妳現在的姿勢很適合下跪，我給妳一分鐘的時間考慮，時間過了，就別怪我對妳太殘忍！」鍾愛玉蓄勢待發的氣焰像是準備衝出柵欄的怪獸。

依芳聞言，硬是撐著顫抖的雙腿起身，怒瞪著鍾愛玉。

雖然她目前占下風，仍朝著鍾愛玉大叫：「要我下跪？等到妳在枉死城裡面重複死上千百次之後看看等不等得到！」

依芳果然有骨氣，若不是現在的氣氛實在太緊張，綠豆真想衝上前用力地替她拍拍手。

鍾愛玉一聽到枉死城，火氣更是不斷上漲。

傳聞自殺之人必須前往枉死城報到，並不斷地重複自殺那一幕，直到原本陽壽已盡的那天。

只要她一進入枉死城，她無時無刻都要承受喪命前那種自殘的痛楚！

也因為如此，在她變為厲鬼的時間內不巧受了傷，一方面無法靠近依芳，同時正好也躲避著鬼差，就怕被鬼差抓回枉死城。

「林依芳，敬酒不吃吃罰酒，我今天非要妳跟我磕頭認錯不可！」在空間另一端的鍾愛玉作勢朝著依芳伸長手臂，令綠豆吃驚的是她根本不用靠近依芳，依芳就像是被無形的繩索吊至半空中，遭受著無形的鞭打。

綠豆慌張地不知如何是好，依芳周遭完全看不見任何束縛，就只有孤單的身影飄在半空中，但她的四肢浮現一條接著一條的鞭痕，掙扎的力道也越來越微弱……

眼看依芳快要失去意識，綠豆猛然瞧見方才依芳完成一半的符令，破碎的布料正無助地被丟在一旁，上面有著依芳的點點血跡。

綠豆突然想到，依芳曾說過她的血液有些微鎮煞的效果，現下也沒時間細想這句話的真實性了，只能憑著本能抓起布料，隨手抓起地上為數不多的碎石包裹其中，藉著碎石的重量，猛力朝著鍾愛玉一擊。

咣！當布料擊中鍾愛玉的一瞬間，發出了相當耐人尋味的聲音。

沒想到瞎貓還是會碰到死耗子，鍾愛玉雖然不是實體，但是一但碰上相剋的符咒或是神器仍舊會產生反應，依芳的血或許沒有多大效果，不過在關鍵時刻，鍾愛玉受到外界的震盪，原本舉在半空中的手臂也不自覺地放了下來。

瞬間，依芳像是被緊縛的繩索鬆開，重重地摔落地面。

「依芳！」綠豆趕緊扶起依芳，「我們快跑吧！再這樣和她纏鬥下去，我們兩個都會沒命的！」

「哎唷……」依芳痛苦地呻吟著，她真的強烈懷疑身上的每一根骨頭都不屬於自己了，實在痛得動不了啊，「能跑到哪裡去？我們現在處於不存在的空間裡……」

「那、那我們要在這裡等死嗎？妳快點想想辦法啦！」綠豆現在有點後悔把剛剛的布料丟出去，如果可以，搞不好依芳可以立刻完成請神符，請神明護身。

此時依芳根本來不及動腦筋，綠豆就被一股巨大的力量給掃到一邊，甚至跌坐在地，一時難以反應。

鍾愛玉的動作實在令人難以掌控，而且她總是敏捷而出其不意地發動攻擊，只是目前她眼中的目標只有依芳，全身上下散發著欲除之而後快的狂暴。只見她的指尖陡然長出血紅色指甲，想也不想地便往依芳的胸口方向奮力一撲。

依芳大吃一驚，這樣凌厲的攻擊讓她連連後退，姑且不論身上的痛楚令她難以移動，她再怎麼快，也快不過鬼魂的移動速度啊！

依芳越退心越急，眼看指甲就要插入自己的心臟，沒想到卻在這時候腳底一滑，摔得四腳朝天，卻也意外地躲過了這一劫，只可惜她閃得不夠快，臉頰還是擦過鍾愛玉的指甲，留下一道血痕。

綠豆趕緊爬了過來，見到依芳臉上的血痕，不禁大驚失色地叫道：「依……依芳……妳的臉……」

女孩子最怕的就是被毀容，就算稱不上國色天香，也絕不容許臉上有一丁點瑕疵，否則保養品就不會每年都刷新銷售紀錄，女人也不會造就臺灣的經濟奇蹟了。

依芳只覺得臉上傷口傳來陣陣刺麻，她見到綠豆震驚的表情，心底的恐懼不斷加深，只能顫抖著用手感受一下臉上到底發生什麼事。

臉好麻，手很濕，溫熱而黏稠的血液在她指間流竄……

她整隻手沾滿了刺眼的紅，如果傷口不深，如果範圍不大，絕對不可能會有這麼多血！

「難道妳不知道臉是女人的生命嗎？妳竟敢毀了我的臉！」依芳的語氣充滿怒氣。

只見她周身瀰漫起一股暗黑的煙霧，這一瞬間，什麼疼痛都感覺不到，只覺得渾身充滿力量，而且是未知的力量，整個人像是正在漲大的氣球，不斷膨脹，她甚至感覺到自己體內的力量正在翻滾沸騰。

依芳緩緩站起身，周遭的黑色煙霧越來越濃。

此時，綠豆發現依芳身上竟浮現許多難以辨認的字，更詭異的是她的印堂竟然……緩緩冒出一隻眼睛，那隻眼睛正緩緩地睜開……

到底怎麼回事？怎麼覺得依芳的整體感覺比鍾愛玉還驚悚三分？而且依芳的臉孔凝聚了前所未有的殺氣，是那種欲致人於死的氣焰，雖然眼前的鍾愛玉是身穿紅衣的恐怖厲鬼，不過現在光憑氣勢，依芳也絕不會輸她。

這樣戲劇化的轉變，連鍾愛玉也錯愕不已。

她從沒想過會有這樣的狀況，這一切完全出乎意料，也猜測不出依芳現在到底想做什麼。

依芳印堂上的眼睛完全睜開了，只見她猛然仰天怒吼，隨即盯著鍾愛玉，發出低沉的怒吼：「鍾愛玉，妳生前自己挑錯男人，我當妳視力不好，死後還挑錯對象報仇，妳根本天生就沒長眼！既然妳生來就愛找麻煩，我會讓妳知道這次妳真的麻煩大了！」

而後，依芳開始輕念出咒語，當咒語念了一個段落，忽然瞧見在陰暗的角落裡竟然冒出閃爍的紅光，只見紅光越來越明顯，也越來越刺眼，不一會兒竟像是流星般劃過這備受擠壓的沉重氛圍，落入依芳的手中。

此時綠豆定眼一瞧，才確定依芳手中緊握的不正是應該躺在寢室抽屜裡面的硃砂筆嗎！她從沒見過硃砂筆發出過這麼耀眼的光芒，甚至比當時攻擊鍾愛玉時還閃亮。

綠豆從來沒想過硃砂筆竟然還可以呼喚，如果硃砂筆會呼吸的話，那就是長得像竹節蟲的召喚獸了！

鍾愛玉扭曲的五官顯得更加恐怖，「林依芳，妳別以為玩這種不入流的把戲，我就會怕妳！」

她不能在氣勢上輸人，生前莫名其妙地輸了自己的人生，死後怎能又糊裡糊塗地輸了這場戰役？

「那……那個……鍾愛玉，我認真地勸妳不要再激怒依芳了，她……她看起來好像真的抓狂了，我真的是為妳好！」現在綠豆反而比較為鍾愛玉擔心了，依芳的模樣真是說不出地嚇人。

鍾愛玉無暇理會綠豆，何況自始至終她的目標就只有依芳！她伸出利爪，直直往依芳的面門衝了過去，依芳卻連動也沒動，只是弔詭地站在原地，雙眼連眨也不眨地直盯著她，那種眼神連身為厲鬼的鍾愛玉也感到一陣寒氣攻心，但是現在她停不下來，也顧不了那麼多。

「依芳，小心！」

綠豆趕緊上前，想推開依芳以免她再次受到攻擊，但是看這時間和速度，根本來不及。

眼看鍾愛玉的尖銳指甲就要插入依芳的眼睛，鍾愛玉也揚起了得意的微笑，心想這一回總該是自己獲勝了吧！

怎知，依芳笑了，而且是讓人打從腳底竄起一陣寒的笑容。

下一刻，鍾愛玉被一股非常強大的力量擊退，這力量更甚以往她攻擊依芳時所受過的每一次反擊。

一聲慘絕人寰的尖叫響徹雲霄，鍾愛玉只覺得全身一陣劇痛，渾身冒出像滾水沸騰般的白煙，身上的紅衣竟然出現被燒毀的點點痕跡，此時她才驚覺身上的力量竟消失殆盡，連重新飄起來都顯得吃力。

這……到底是怎麼回事？

鍾愛玉終於露出驚恐的神情了，看著依芳拿著硃砂筆不斷靠近，她吃力地在原地掙扎，效果卻相當有限。

「這一切都是妳自找的！」

依芳像是完全喪失理智，臉上掛著惡魔般的笑容，那是一種自負而鄙夷的笑容，彷彿在嘲笑著鍾愛玉只是螳臂當車。

依芳一步步地靠近，倒映在牆上的影子像是凶殘的化身，她的臉上所呈現剛硬的線條有著明顯不過的怒火，她居高臨下地看著縮在一角的鍾愛玉，眼底迸出鄙視的冷光。

怎麼……怎麼現在讓綠豆膽戰心驚的對象竟然是依芳？綠豆的心底真的有超級不詳的預感……

鍾愛玉不甘就這樣結束，吃力地站挺身軀：「林依芳，我絕對不會放過妳！絕對不會！」

鍾愛玉就像是被困在泥沼裡的野獸，不斷做著垂死掙扎，明明看起來非常痛苦虛弱，卻仍逞強地大吼一聲，朝著依芳再次攻擊！

這一回她學聰明了，她雖然衝向依芳，卻在靠近依芳的瞬間轉了方向，將目標改為另一邊的綠豆！

記得這兩人時常走在一起，可見綠豆對依芳而言是相當重要的夥伴，只要把綠豆挾持在手，不怕依芳不肯就範！

她要林依芳加倍償還自己所承受的痛苦，她就是要她跪在自己面前磕頭認錯！

這場面實在太忽然，綠豆根本反應不及，完全沒料到鍾愛玉的利爪已經準備在自己身上挖出幾個透明窟窿了！

綠豆只能極盡所能地睜大眼睛外，根本連動都動不了，甚至連救命兩字都發不出聲音，更正確的說，是根本來不及！

碰！巨大聲響在空間內爆發，綠豆看見依芳奮力一揮手中的硃砂筆，一道紅光就像是無形的鞭子，毫不留情地打上鍾愛玉的背。這力量巨大地讓鍾愛玉再次被震開，萬分狼狽地摔落在陰暗的角落中。

依芳嘴裡喃喃念著綠豆聽不清楚的咒語，身上的特殊字體像是正常人的脈搏一樣的跳動，她更是不斷地舞動手中的硃砂筆，憑空畫下一道又一道的符令，奇蹟似地每畫下一筆就出現金光，當依芳完成時，四面出現閃著金光的巨大符令，隔成一個狹小的空間，就將鍾愛玉困在其中，動彈不得！

「鍾愛玉，妳打從殺了修女和神父之後就罪該萬死，而妳最該死的錯誤就是割傷我的臉！」

此時，依芳的一字一句都像是地府判官的審判，嚴厲而帶有攻擊性。

依芳穿過像是一面牆的金色符令，停在鍾愛玉面前，只見鍾愛玉慌張地想逃，偏偏無路可逃了！

依芳的嘴邊揚起一抹詭異而冷血的笑，手中緊握的硃砂筆朝著鍾愛玉的印堂畫上驅鬼符，無奈鍾愛玉竟然連舉起手反抗的能力都沒有。

只見依芳每畫下一筆，鍾愛玉的痛苦就加深一層，口中發出的慘叫聲也更加劇烈。

但不論她的叫聲有多悽慘、模樣有多狼狽，依芳完全不為所動，簡直是變了一個人。她冷酷地看著鍾愛玉卑微而毫無尊嚴地掙扎卻無動於衷，臉上線條甚至沒有絲毫的改變，手中的筆始終不曾遲疑。

一旁的綠豆見到鍾愛玉備受折磨的樣子也深感不忍，雖然好幾次差點喪命在她手上，也想狠狠地教訓她，但是親眼見到她這副慘狀，還是忍不住出聲。

「依……依芳，好了啦，妳放過她吧！如果妳氣她劃傷妳的臉，頂多妳在她臉上話個叉叉就算扯平了，好不好？怎麼說她也上了年紀，她知道錯了就好了，不用做得這麼絕……」

奇怪的是，依芳好像完全沒聽到綠豆的勸告，她盯著鍾愛玉的眼神透著凶惡，加上半邊臉布滿血痕，實在像極了電影裡的瘋狂殺人魔，就算是綠豆也感到莫名的膽寒。

只剩最後一筆就完成驅鬼符，只要畫下這最後一筆，鍾愛玉注定要煙消雲散，永世不得超生。

依芳看了鍾愛玉一眼，冷冷道：「妳該後悔自己生前愚蠢，連死後還是蠢到沒藥醫！」

眼看依芳就要下筆，忽然一道耀眼的金光從天而降，這道金光甚至上前一把擋開了依芳。

「依芳，上蒼有好生之德，千萬不要趕盡殺絕！」金光傳出正義凜然的語氣，聽這聲音……又是要命的耳熟。

怪談病院
第十五章　錯愛事件（十五）

這……這不是天兵琉璃嗎？

只見琉璃拿著長矛，威風凜凜地擋在鍾愛玉面前。

令人納悶的是，今天又還沒來得及請她下來，怎麼她就自己出現了？而且還是站在厲鬼那一邊？

「琉璃，妳到底是來救鍾愛玉還是來殺鍾愛玉的？妳這麼靠近她，妳身上的神聖之氣快讓她魂飛魄散了啦！」綠豆沒好氣地瞪了琉璃一眼，她的天兵個性真的一點都沒變。

原本被困在四面符令中的鍾愛玉已經快被吸光所有力量，依芳又在她的印堂上揮舞著手中的硃砂筆，她的每一個動作都令她有種烈火紋身的劇痛，現在又來一個天兵，在無路可逃的情況下被她的神聖之氣掃到，鍾愛玉當下只希望依芳乾脆給她一個痛快，省得在這裡飽受折磨。

原本神氣得不得了的琉璃經綠豆一提醒，什麼氣都沒了，趕緊跳得遠遠的，就怕鍾愛玉反被自己身上的神氣波及，到時就算沒有魂飛魄散，只怕魂魄也不完全了。

被推開的依芳踉蹌兩步後，重新站穩步伐，一步步上前，臉上的表情看起來竟然比鍾愛玉更加猙獰，「擋路者，死！」

依芳的聲音完全變了調，眼神完全不像是正常人，印堂上的眼更是怒目圓睜，周遭的黑色煙霧不但沒有消散，反而更加濃厚。在瀰漫的煙霧中，僅僅看得見依芳的上半身，下半身已經完完全全隱沒，乍看之下，依芳還比較像怪物。

依芳就這樣兩眼直盯著琉璃，但是琉璃卻動作飛快的站在鍾愛玉跟前，在依芳與她們之間布上同樣閃著金色透明的結界，一時之間，依芳竟然衝不破結界，只能憤恨地怒視琉璃，繼續衝撞！

「琉璃，現在……依芳到底是怎麼一回事？」綠豆摸不清頭緒，現在的局勢讓她相當忐忑，甚至搞不清誰是敵、誰是友。

琉璃困難地嚥了嚥唾沫道：「依芳的能量已經大到超乎她自己所能控制，現在走火入魔了！」

依芳天生就帶有天命，這是她的宿命，因此體內潛藏著巨大的能量，只是她自己沒有發覺，也未開發，所以除了陰陽眼外，一直與常人無異。

直到出社會後，才因為一連串事件而使潛能被激發，只是這樣的潛能必須循序漸進地釋放，才能妥善地控制，若是因為情緒劇烈起伏而導致一口氣全數爆發，依芳以目前自身的修為，根本沒辦法控制，最後可能會導致走火入魔，直到自己完全被吞噬為止。

「走火入魔？」綠豆喃喃自語地重複一次，似乎非常難以消化這個訊息。這名詞不是常在武俠小說中出現，怎麼現在不但發生在現實生活中，而且還是在自己身邊？

天啊！她到底是造了什麼孽啊！綠豆悲哀地想。

「走火入魔會怎麼樣？」

「吼，妳為什麼每次都在我很忙的時候問我問題啊？妳是生來就和我過不去嗎？」琉璃瞪了綠豆一眼，拿著長矛對著依芳，不敢輕舉妄動。

說實在的，她在趕過來的路上就一直祈禱，希望依芳千萬不要攻擊她，一來她怕誤傷依芳，再來是——她怕依芳會把她打得很慘！

走火入魔的力量，絕對不容小覷！

「妳們天兵不懂得長話短說這四個字的涵義嗎？而且依芳不會連妳都攻擊吧？妳是天兵耶！」綠豆的聲音越來越微弱，聽起來也越來越心虛。

只見依芳以非常怪異的姿勢在原地扭動，看起來有點像是生鏽的機器人在跳舞……

琉璃也開始心神不寧，「走火入魔的人會喪失理智，人性會慢慢地被吞噬，最後是完全成為冷血動物，而且六親不認。

「聽到這裡，妳覺得她會不會攻擊我？何況現在她的力量正以倍數成長，誰都沒在怕啦！就算是天皇老子站在她面前，她也照打不誤！如果硬要比喻的話，就有點像是當年大鬧天宮的大聖爺。」

大聖爺？不就是傳說中的孫悟空？一想到當初孫悟空棒打天兵天將也面不改色，誰也收伏不了失控的齊天大聖，最後還是請如來佛出面才解決這麼棘手的狀況，現在依芳居然跟孫悟空相提並論，現場又只有一名兩光天兵跟快要說再見的紅衣女鬼，這場面說有多淒涼就有多淒涼……

「那妳該不會請如來佛出面收伏依芳吧？依芳若是被壓在五指山，天底下也沒有第二個唐三藏救她出來耶，而且臺灣哪來的五指山？」綠豆劈頭大叫，現在她真的好難想像那個畫面。

琉璃挫敗地握緊拳頭，她真的有點後悔拿大聖爺當比喻。

「……臺灣有五指山啊！而且，當年壓住大聖爺的是五行山好嗎！算我求妳，不要在這種生死交關的時刻還要幫妳上地理課！」

難得面對琉璃這麼激動的對話，綠豆竟然沒有反駁，正確的說她是沒有顏面反駁！

「現在不是討論廢話的時候，還是趕緊想辦法消除依芳心中的暴戾之火，否則依芳只會讓這邊沒完沒了，搞不好連我都沒辦法離開這個空間。」

琉璃說的也是事實，這個不存在的空間雖然是鍾愛玉創造出來的，不過現在連她也困在其中，因為依芳的黑暗力量過於強大，整個空間因為依芳而凝結，就算鍾愛玉力量盡失，這空間仍會存在。

綠豆不得不深深吸一大口氣，她覺得自己的腦袋快要打結了！為什麼現在的狀況是反過來啊？應該要對付的是鍾愛玉這個不知好歹的厲鬼，現在反而是要對付自己人，綠豆心情複雜地難以言喻。

在一人一天兵還來不及想出什麼好辦法時，依芳已經衝破結界，殺氣騰騰地朝著琉璃走了過來。

但是她每前進一步，周遭的陰影就顯得更加黑暗，依芳甚連表情都不需要變化，就讓人感覺到一股莫名的冷意。

「休得擋路！」現在輪到依芳眼中的目標只有鍾愛玉，誰也不准阻撓。

「依芳，妳冷靜一點！」琉璃擋在依芳面前，「鍾愛玉雖然罪不可赦，但是在陰界她算是帶罪之身，一切須由陰間律法制裁，就算身為天師，也只能收伏，不能讓她在妳手中魂飛魄散！」

陰間自有一套規則，雖說惡鬼肆虐需要神職人員前來解決問題，但是在陰陽平衡之下，大多數都是降服後，交由陰間處置。這樣的模式有點像是陽間的警務人員，依芳可以拘捕鬼怪，卻必須移交陰間論罪，除非是不得以的情況，否則絕不可以擅用私刑！

若是依芳在陰間有了前科，往後若要走上天師這條路就難上加難了！琉璃絕對不允許讓這種事發生在依芳身上。

「我再說一次，讓！開！」依芳凶惡地張大嘴，瞪視著琉璃。

綠豆發誓，她從來就不知道女人「起肖」有這麼恐怖，現在依芳反而比鍾愛玉還像肖查某！

琉璃雖然心裡很害怕，不過卻憑著天兵的一股傲氣，說不退讓就不退讓。

依芳驟時發出低沉的嘶吼，這嘶吼聲就像是被綑綁以久的猛獸，終於掙脫身上的枷鎖所爆出的囤積多時的巨大能量！

此時依芳憤憤地掃了琉璃一眼，嘴裡開始念念有詞，猛然抽出硃砂筆其中一根筆毛，朝著琉璃投擲而去。

綠豆簡直不敢相信自己的眼睛，明明只是短短的一根筆毛，但是當依芳拋出去的那一瞬間，筆毛竟不斷延長，而且發出淡淡的綠光。

「糟！是捆仙咒和捆仙繩！」琉璃畢竟沒有多少實戰經驗，雖然心中已經大喊不妙，不過卻也在一時之間不及閃躲，竟然被筆毛纏上，而且像是捆肉粽似的，筆毛自動將琉璃捆了好幾圈。

琉璃不禁懊惱自己失算了，硃砂筆是難得一見的神器，雖然它貌似平凡，在一般人的眼中也只不過是再簡單不過的羊毛筆，不過因為它曾經受過神明加持，就算單單只是一根筆毛都有它的法力存在，如今依芳體內所有的能量在這一瞬間爆發，平時不曉得的咒語在這時候也會異常清晰的浮現腦海，所以她現在可以隨心所欲使出所有的道法。

綠豆看到這副慘況，也只能哀怨地嘆口氣，現在這種局勢，誰也擋不了依芳了！

「琉璃，我們擋不住她的，聽天由命好了！」綠豆自暴自棄地嚷著，現在她無力反抗，也懶得反抗了。

琉璃聞言，氣得都想動手毆打綠豆了，不過礙於自己位居神職，實在沒辦法做出有違形象的舉止，只能在原地蹦蹦跳跳地大叫：「擋不住也要擋，現在不只是那隻鬼會魂飛魄散的問題，我說過現在這空間因為依芳的力量而凝結，萬一我們阻止不了她，這空間沒辦法消失不說，我們所有人包括依芳都會被這股強大的力量吞噬掉！」

這時的依芳已經困住了琉璃，重新將目標轉向琉璃身後的鍾愛玉。

琉璃擔心，依芳若是在鍾愛玉印堂上畫下最後一筆，大錯就難以挽回了！

「妳現在還有時間發呆？快點想辦法阻止她啊！」琉璃激動地大叫。

現在綠豆陷入兩難的絕境，依芳根本就像是急需注射麻醉針的凶暴鱷魚，一看到黑影就開槍，也不先搞清楚誰是自己人，最無奈的是自己絕對不是拿著麻醉槍的獸醫，連琉璃都束手無策，她只不過是一個單純的平凡人，能起什麼作用？

當務之急應該是先幫琉璃解開身上的繩索才對，但是若是她花時間解繩索，只怕同時間鍾愛玉早就憑空消失了。

「妳是痴呆還是重聽，聽不懂我在說什麼嗎？妳想辦法拖時間，我自己會找辦法掙脫！」琉璃一急起來，果然也是口不擇言，只差在綠豆現在沒時間回嘴。

沒辦法了！綠豆硬著頭皮，只能趕緊擋在依芳面前，苦苦哀求：「依芳，我們今天還要上班，妳能不能好心一點，讓我們回去睡回籠覺？」

依芳哪理會綠豆這種沒營養的廢話，一把推開綠豆，根本不費吹灰之力。

鍾愛玉距離依芳並不會很遠，綠豆被推開的那一剎那，依芳已經站在鍾愛玉的面前，依芳的動作雖然很快，不過綠豆卻也不慢，再次趕上前，怒道：「林依芳，妳造反了妳？我是誰？我是妳的學姐，妳竟敢推學姐？妳是想以後上班都等著被我電到下班，成為臺積電的最佳代言人嗎？」

綠豆現在什麼方法都想不到，只能擺出學姐的架子，不但一副令人厭惡的機車嘴臉，還雙手交叉在胸前，將院內討人厭的學姐嘴臉模仿得淋漓盡致。

在醫院裡，相當注重學姐妹制，就像軍營裡的阿兵哥也很注重學長學弟制，雖然現在的社會型態正在劇烈的改變，不過大致上所有醫療體制的醫療人員仍是秉持著傳統，相當尊敬自己的學長姐，因為護理環境不是個人性質，而是團體合作，學長姐的經驗和指導占工作上非常重要的一環，所以工作上也必須有相當的默契，執行上才能得心應手，若說學長姐是半個師長一點也不為過。

所以千萬不要得罪學姐，尤其是機車的學姐！

依芳一聽到學姐，果然稍稍停下了腳步，嘴裡喃喃重複著：「學姐……妳是我學姐……」

「對！我就是妳學姐！妳給我清醒一點！還不快點去給我退……」綠豆見到依芳總算回覆一丁點的人性，這就證明她並未完全喪失理智。

「學姐又怎樣？」依芳忽然臉色一變，「給我滾一邊去，免得等一下我連妳都打！」

她一說完，正要推開綠豆的同時，綠豆這回學聰明了，不但閃過依芳的手，而且一把抱住依芳死命不放，拚了命地大叫：「琉璃，妳到底掙脫了沒有？我快撐不住了！」

「快了快了！妳再撐一下！」琉璃同樣也急著大叫，依芳的力量果然驚人，一時要掙脫身上所謂的捆仙繩也是有難度的。

這下可苦了綠豆，抱著依芳的手臂漸漸的感到一股刺痛，加上依芳簡直不顧情誼地捶打她，她差點就痛得鬆開手了。

不過因為綠豆不是鬼也不是仙，所以施展的道法對綠豆而言起不了作用，加上依芳原本就身材瘦弱，出手反而沒有多大威力，硬是挨了幾下拳頭的綠豆倒還挺得住，只是挺不了太久！

琉璃總算不負綠豆期望，不但掙脫了捆仙繩，還順利地化解了原本困住鍾愛玉的符令，俐落地替她套上枷鎖，就怕她趁亂逃走。

綠豆一見鍾愛玉身上的鎖鏈，急忙對著依芳大叫：「鍾愛玉已經套上枷鎖了，琉璃會把她交給鬼差，一切都結束了，妳冷靜一點！」

原本躁動不已的依芳頓時靜了下來，剎那間的停止讓綠豆擺盪的心臟總算降低跳動的速度，依芳總該還聽得見她的聲音，明白她在說什麼吧？

只見依芳就這樣靜靜站著，雙眼和印堂上的眼睛都緊閉著，就像是頓時失去電力的機器人，動也不動地站在原地。

「琉璃，現在是怎麼回事？她好像睡著了耶！她是太累了喔？」綠豆不知所措地在依芳面前直打轉，突如其來的轉變讓她很難消化。

琉璃拉著鍾愛玉走上前，顯然她也不清楚怎麼回事，這些都是教學手冊裡沒寫到的狀況，對於目前景象她也說不出個所以然。

怎知道琉璃才正走上前，依芳猛然翻開三眼，凶殘之氣展露無疑地直盯著眼前的綠豆等人，惡狠狠地宣告著：「還沒結束，也不會結束！遇惡鬼，殺無赦！鬼魅不除，永遠不可能結束！」

依芳正要再度拿起手中的硃砂筆，琉璃隨即將手中的鎖鏈丟給綠豆，大叫：「記得拉緊鎖鏈，我想辦法布下更多結界拖延她，妳就趁這段時間好好想個辦法！」

綠豆莫名其妙地指著自己的鼻子，為什麼偏偏是她？琉璃怎麼說也是天兵，好歹還有教學手冊在手，而她什麼都沒有，頂多只有一個人稱綠豆大小的腦袋，她能想出好辦法才有鬼咧！

不過她轉頭看了鍾愛玉一眼，現在……的確有鬼！唉！她真的該考慮換一下自己的口頭禪了！

算了，管不了這麼多了！

綠豆趕緊拉緊鎖鏈往後跑，只是現在她覺得怎麼原本的空間有種加大的感覺，原本方才離自己不過五、六步距離的牆面，現在居然在約一百公尺的前方，而且怎樣都跑不到盡頭……

發生什麼事？再怎麼跑都覺得自己停在原地啊！

「琉璃，現在我們要跑到哪裡去？」綠豆急得滿身大汗，還好身後的鍾愛玉沒什麼重量，牽起來比溜狗還要輕鬆，否則現在驚恐攻心的情況下若還帶個拖油瓶，她哪吃得消？

琉璃為了阻隔依芳的攻擊，不斷施放一層又一層的結界，但是見到綠豆怎麼跑都在原地，根本跑不出依芳施法的範圍，也就是說依芳早就快她們一步布下陣法，雖然被琉璃的結界擋住，但他們同樣也跑不出她結界的範圍。

沒辦法了！琉璃心一橫，一口氣施展高達三十層的終極結界，三十層的厚度好歹比銀行的金庫還結實了吧！

不過……

「琉璃，妳也太天兵了吧！妳應該是把依芳困在妳的結界裡面，讓她跑不出來，現在妳困住的是我們自己啦！」綠豆一見到這場面，忍不住破口大罵，因為琉璃所施展的三十層結界就像是四面合金鋼板，層層將他們包圍，更正確地說，是把自己關起來。

經綠豆一提醒，琉璃才恍然大悟地紅了臉，「對吼！應該是我們在外面才對！我沒有多少實戰經驗，馬有失蹄也是在所難免，嘿嘿……」

琉璃還有心情乾笑兩聲，綠豆可是一點都笑不出來了。還好琉璃預設的空間還足夠容納她們三個，否則鍾愛玉鐵定會被琉璃身上的氣給掃到。

綠豆頹然地跌坐在地，往右邊看了一眼，嘆了一口氣之後又往左邊望了一下……

唉，現在到底是什麼樣的場景？人、鬼、神齊聚一堂同仇敵愾的畫面可不是天天有。

綠豆不免喃喃道：「我也真夠衰的，原本我的搭檔是依芳，怎知道她像狼人一樣會變身，現在身邊不是死不斷氣的厲鬼，就是誇張到很想跟玉皇大帝投訴的天兵，怎麼跟BOSS級的依芳打嘛……」如果依芳是BOSS級的怪物，他們這幾個肉腳組成的推王隊伍，根本還沒靠近就滅團了！

琉璃也束手無策地坐了下來，「真是的，早知道就不該去幫太白星君顧丹爐，玄罡有請我過來盯著依芳，結果我忘記天庭的一下下就是凡間好幾天了！」

什麼？玄罡早就料到會有今天的局面？

「琉璃，妳真的很靠不住欸！為什麼不早點來？只要早來十五分鐘就什麼事情都沒了！妳知道天堂與地獄就差這十五分鐘嗎？」綠豆想抓起琉璃的領子，但是她身上穿的是盔甲，沒領子好抓。

琉璃同樣也是一臉無奈，因為她實在來得太過匆促，根本來不及想出什麼好辦法能夠不傷害依芳，並且同時制服她。

「都什麼時候了，還有什麼好吵的？還是趕緊想辦法脫離這空間再說吧！」連鍾愛玉都開口了。

現在的她雖然仍是半透明狀態，不過臉色比剛才更為蒼白，而且隱約泛著青，看起來相當虛弱。

「能有什麼辦法？所有的事情都是妳惹出來的，妳才趕快給我想辦法解決！妳不是最厲害？妳有什麼高見？要不是妳笨到自找死路，我哪會淪落到跟妳關在同一個空間裡！」綠豆氣得快連話都說不清楚了，反正現在鍾愛玉也起不了作用，能多大聲就多大聲，現在若是不讓她找機會宣洩一下，不用依芳動手，搞不好她自己就動手解決鍾愛玉了。

綠豆的叫囂讓四周環境再度回到死寂的尷尬中，卻也讓外面的衝撞聲聽得特別清楚……

依芳正在外面衝撞，而且聽這聲響有越來越巨大的趨勢，別說綠豆，就連琉璃的臉都綠了！

「我一定是前輩子幹了什麼見不得人的壞事，才會有這樣的報應！現在該怎麼辦？該怎麼辦才好？」綠豆急得在原地來回踱步。

琉璃同樣也很著急，她明白這層防護只能擋得了一時，絕對擋不了一世，何況綠豆是凡人，不可能在不吃不喝的情況下撐過三天以上，依芳的力量又在持續增加，破除結界是遲早的事！

而且鍾愛玉印堂上還顯現著未完成的驅鬼符，偏偏琉璃不能過於靠近她，根本不可能讓印堂上的筆跡消失，現在依芳只差最後一筆……

「等一下，我現在有個很重要的問題！依芳到底為了什麼會氣到抓狂？若要凝聚這麼大的力量，是需要非常憤怒的情緒才有辦法造成現在的局面，或許只要消除她心中的怒火就可以解決了！」琉璃總算提出還算像樣的提議。

「喔！」綠豆停下自己焦躁的腳步，指著鍾愛玉說，「因為她的臉被這傢伙給割傷了啊！」

此時，空間內除了傳來令人膽戰心驚的撞擊聲之外，又是一陣冷風吹過的靜默。

琉璃深吸了好大一口氣，「就……就這樣？」他不敢相信自己拚死拚活，就為了這種雞毛蒜皮的原因。

「什麼就這樣？臉蛋對女孩子來說等於生命……不，是比生命還重要！何況鍾愛玉一直咄咄逼人，就是要找她麻煩，依芳會抓狂也不奇怪吧！」

不過說到這邊，綠豆才覺得應該要抓狂的人是自己才對，畢竟自己才是最無辜的受害者，之前莫名掃到颱風尾不說，現在又被困在這種地方，如果不是她的情緒控制得當，鍾愛玉能活到現在嗎？

「這樣好了，鍾愛玉，妳趕快跟依芳道歉！依芳這人是嘴硬心軟，只要妳肯跟她說句對不起，搞不好她的氣就消了！」綠豆的眼中流露出微弱的星光。

「哼，我寧願魂飛魄散！」鍾愛玉的脾氣也不是普通地硬，根本連商量都沒得商量，一點都不知道感恩兩個字怎麼寫。

綠豆現在只覺得自己身上的血液正以高速奔流著，她甚至聽到自己的血管正發出嗶嗶啵啵的爆裂聲，真恨不得直接解決鍾愛玉！

這時，琉璃卻賊兮兮地笑了起來，盯著鍾愛玉道：「沒關係，妳不肯道歉也無妨，不過等會兒需要妳的鼎力相助。」

琉璃的神情，讓鍾愛玉沒來由地打了一陣哆嗦……

第十六章　錯愛事件（十六）

綠豆牽著鍾愛玉，憤恨地瞪了身邊的琉璃一眼，為什麼所有倒楣事全衝著她來？包括連在現在的聲東擊西之計也是她當誘餌！

「還好我最近新學了隱身術，等一下我收起結界後，我會立即隱形，妳就想辦法拖延時間和講些話引開依芳的注意，再不然就拉著這隻鬼……」

「我沒名字啊？我叫鍾愛玉啦！別一直叫我『那隻鬼』或『這隻鬼』！」鍾愛玉沒好氣地抱怨道。

都什麼時候了，還計較這種小事！

綠豆氣得用力扯一下手中的鎖鏈，「妳給我安靜！現場妳最沒資格說話，妳再囉唆，等一下我直接放妳去跟依芳決鬥！」

琉璃同樣也是瞪了鍾愛玉一眼，隨即又繼續解釋還未說完的戰略：「等我隱形後，妳和她就站在依芳面前，越顯眼越好，這樣才能完全吸走她的注意力！」

「等一下，為什麼要我也站在依芳面前？明明把鍾愛玉丟在那邊就好了啊！」綠豆實在不明白為什麼要多此一舉，而且她非常、相當不願意冒險，尤其是為了鍾愛玉冒險。

琉璃卻很不負責任地攤開雙手，撇撇嘴道：「沒辦法，妳又不會隱形，而且妳是我們裡面唯一不會受到道法影響的凡人，等一下萬一依芳已經相當靠近那隻……鍾愛玉後，妳就趕緊拉著她往前跑，雖然跑不出依芳所設下的範圍，不過和依芳保持距離還是可以的。重點是，只要別讓依芳在她印堂上畫下最後一筆就好，很簡單吧？」

聽完，綠豆忽然有種很想仰天長嘯的衝動，什麼叫做她不會隱形？不受道法影響？這樣就叫她站在像是不定時炸彈的依芳面前？

「妳現在是當我十項全能嗎？哪裡簡單？萬一被依芳追上，怎知道會不會有危險！」

鍾愛玉卻以相當睥睨的眼神看了綠豆一眼，真正危險的是她，她都沒出聲了，綠豆該該叫是叫心酸的嗎？

「沒時間再拖下去了！危險也要跟依芳拚了，妳們趕快做好心理準備，我要收結界了！」琉璃根本不給綠豆時間考慮，一說完，她瞬間消失不見，連帶結界也跟著一起消失。

天啊！結界一但不見了，映入眼簾地就是站在離自己約幾公尺遠的依芳，正虎視眈眈地盯著他們。

「把那女人交出來！」依芳的嗓音已經完全不同了，而且周遭的黑色煙霧正源源不斷地從她的身體裡冒出。

「依芳，我當然會把她交給妳，畢竟她也把我害得這麼慘，妳說對吧？再怎麼說，我跟妳才是好姐妹！」綠豆開始拿出她的拿手強項，就是虛與委蛇。

「把她交給我！」依芳大步走上前，沒有絲毫遲疑，甚至伸出了手，拿起硃砂筆。

綠豆緊抓著鎖鏈的掌心正不斷地冒汗，就怕稍不留神鬆了手，一切就完了。

「等……等一下！」綠豆連退了好幾步，「妳別這麼猴急嘛，這種事情總是要先醞釀一下氣氛跟情緒才好！」

「廢話連篇！妳是不是想拖時間？」沒想到平時在臨床上反應老是慢半拍的依芳，竟然變聰明了。

綠豆心想，如果她上班時能有一半這樣的靈敏度就好了。

「哪……哪……哪……有……」綠豆結結巴巴地連話都說不清楚了，但是一見到依芳完全不顧學姐妹的情誼，一臉陰鷙地衝來，當下綠豆也只能按照當初的計畫，一路跑給她追。

綠豆一邊沒命的跑，一邊心想琉璃到底準備好了沒有？以她目前的體力是絕對跑不了多遠，她反倒羨慕起鍾愛玉了，沒什麼重量的她只要被牽著跑就好了，根本不必費力，反而是自己跑得氣喘吁吁。

現在應該要慶幸依芳的體育天生就不怎麼樣，雖然綠豆體力不濟，不過要跑給依芳追根本綽綽有餘，只要別讓依芳有機會靠近鍾愛玉就好。

依芳追著前方的綠豆和鍾愛玉，始終維持一樣的速度，嘴邊依舊掛著觀看自己的獵物拚死逃生的戲謔。她知道鍾愛玉再怎麼逃，也逃不出這不存在的四樓，她有的是時間和她們慢、慢、玩！

但依芳並沒有得意太久，正要舉起手中的硃砂筆時，凌空一片金色網子撒下，瞬間套在依芳身上，並且隨著依芳的身形大小不斷改變形狀，直到完全貼合她為止。

此時依芳身後出現了耀眼的光芒，琉璃得意地拍了拍手，沒想到天庭所舉辦的在職教育課程這麼有用，一出手果然不同凡響，眼看像是脫韁野馬的依芳，不也乖乖地被困在「不破網」裡？

「不破網」也是天兵出任務時的基本配備，隨時都要帶在身上，若是遇到胡攪蠻纏的妖魔鬼怪，只要這麼一套，不用傷兵損降，就能輕鬆收服！只是這不破網有個缺點……正確的說，應該是琉璃的缺點，因為她的道行不夠，所以拋網的速度和距離有限，只能再極度接近的情況下撒網，否則命中率低到她都想哭著回家找媽媽了！

依芳被困住了，照理說應該沒什麼危險性，但是她卻看見綠豆還拉著鍾愛玉拚命地狂奔，一邊跑還一邊鬼吼鬼叫。

只見鍾愛玉像是風箏一樣飄在半空中，只是硬被拖著飄的感覺，一點也不像風箏這麼愜意。

「綠豆！綠豆！綠、豆——」琉璃見她根本停不下來，只能破壞形象地扯開喉嚨大叫。

連叫了三聲，綠豆才從驚恐中回過神，立刻緊急煞車，不過卻停不住在半空中以同等速度飛奔的鍾愛玉，竟然反被她硬生生拖了一小段距離，看起來好不狼狽。

「幹嘛？妳解決依芳了嗎？」綠豆一臉興奮地跑了過去，只見依芳被包裹在金色網子裡動彈不得，「看樣子妳的新招數滿受用的，這下子依芳就沒輒了！現在該怎麼讓依芳的黑暗力量消失？我們要怎麼離開？」

「呃，這個……」琉璃面有難色地望了綠豆一眼，用極慢的分隔動作搖晃著腦袋，「老師還沒教……」

瞎密啊！綠豆感覺自己聽到了腦血管爆裂的聲音，怎麼天兵也和依芳是同一個德性？她們是一家人嗎？

「現在離不開這地方，困住依芳有什麼用？頂多鍾愛玉暫時不用魂飛魄散而已啊！」綠豆失控地在琉璃耳邊大叫。

琉璃還來不及回嘴，就聽見不破網傳來撕裂的細微聲響，而且層層被包覆的依芳正微微晃動著，看起來……相當不妙。

「妳……平常到底有沒有認真上課啊？還是天庭也有黑心商品？妳這網子看起來不怎麼耐用，依芳好像快出來了啦！」綠豆完全沒辦法控制自己高八度的嗓音，她現在更沒辦法控制飆高的血壓。

「這怎麼可能？不破網顧名思義就是不會破……」反而是琉璃看起來比較像是在狀況外，和綠豆的慌張相比，她也好不到哪裡去。

「什麼不破網，分明就是破爛網！快點想辦法！」眼看不破網已經裂開一道口子，而且有越裂越大的趨勢，綠豆可不想在重溫當年考試不及格而被罰跑操場的夢魘！

但琉璃真的想不出其他好辦法了，何況在她想出來前，依芳已經誇張地將不破網震成碎片，她的力量已經大到連不破網都壓不住了。

「忍無可忍！」依芳仰天爆出一聲狂吼，渾身被黑色濃霧包覆，最可怕的是她的臉上浮現一條又一條的黑色圖騰……

搞什麼？現在在演奇幻類還是玄幻類的電影啊？綠豆雙手摀著雙頰，又再次呈現驚聲尖叫的經典鬼臉。

不過，依芳這回不再是直接找上鍾愛玉，而是再次拔出筆毛，把綠豆和琉璃捆在一起。

「這樣省事多了！」依芳露出邪惡而得意的笑容，緩緩地走向鍾愛玉。

此時的鍾愛玉只能待在原地，因為她根本無力再多做掙扎。

依芳在她面前站定，廢話也不再多說地舉起硃砂筆，許多電影情節就是因為廢話太多，所以總在最重要的關鍵時刻都會壞事，她林依芳絕對不會犯這種錯誤！

「林依芳，想想妳的家人！」琉璃雖然被綁住，不過嘴巴還能說話，拚了最後一口氣也要阻止她。

依芳完全不為所動，嘴裡開始念念有詞，綠豆猜測這也是收鬼的必備過程，眼看她高高舉起硃砂筆……

「想想妳的老師！想想妳的鄰居！想想妳的小狗！想想妳的同學……」

綠豆怎麼感覺越聽越不對，為什麼連小狗和鄰居都出現了？和此次事件有什麼關係嗎？

「時間有限，妳能不能說重點！」綠豆不耐煩地怒吼一聲。

「依芳，想想妳的爺——爺——！」琉璃已經快要倒嗓，不過這是最後一個她所能想到的人了。

一提到自己的阿公，依芳似乎……停頓了一下。

琉璃見機不可失，急忙說：「依芳，妳爺爺是相當了不起的天師，他從年輕到他離開人間的那一天，從沒做過任何對不起良心的事，妳是他的孫女，不能讓他蒙羞！」

「阿公……」依芳周身的黑色濃霧似乎減輕了一些，而她卻眼神呆滯，嘴裡喃喃地重複阿公兩字。

她對林大權有反應！琉璃全身的細胞在體內雀躍翻滾，雖然她無法動彈，但是嘴巴的功能還在，她立即念念有詞，綠豆雖然不知道她到底在念些什麼，不過她每念一個字，閃著金光的文字就從嘴巴冒出，環繞在她們四周，所有的文字聚集在一起，刺眼的令人眼淚直流，但是飄浮在半空中的金光卻漸漸地幻化出人型。

人型沒有色彩，全身上下全閃著金光，隨著輪廓越來越明顯，那是一名騎著高大駿馬的老人，手裡拿著大刀，身穿龍麟鎧甲，看上去威風凜凜，英氣逼人。

「妳……妳阿公正在看妳！」綠豆想也不想就直接嚷嚷，根本還沒求證就急著引起依芳的注意。

「阿公……真的是阿公?!」依芳的眼神顯得更加迷茫，高舉在半空中的硃砂筆始終沒有落下，黑色霧氣也漸漸消散，看來就要雨過天晴了……

咦？阿公怎麼不見了？

半空中的林大權宛若曇花一現，瞬間消失無蹤。

「人呢？琉璃，她阿公呢？我們這邊快出人命了，快點把他叫回來！」若不是現在被綁著，她早就踹琉璃兩腳了。

琉璃無奈地聳聳肩，也急著回嘴：「極限了啦！我只是小兵！到底要我講幾次？我頂多只能請出神尊的分身幻影，根本沒辦法請到本尊！」

綠豆瞪大了眼，她真的會被天兵氣死，那麼現在她們不就只有等死一途了？不對喔！依芳還傻傻地抬頭望著天際，但是身上的黑色煙霧仍然保持持續削弱的跡象，難道……

「說！妳師父是誰？他在醫院的哪裡？」在黑色煙霧徹底消散前，依芳猛然回過神，睜大眼睛地厲聲質問，只是當她出聲的同時，臉上的圖騰也漸漸退去。

沒想到鍾愛玉卻詭異地朝著依芳獰笑著，「我不會告訴妳！就算我灰飛湮滅，只要我師父還在，就能幫我報仇！」

鍾愛玉一說完，使盡最後的力氣朝依芳伸出雙手，已經完全失去黑暗力量的依芳根本無法控制自己，只感覺到一股無形的力量正拉扯著自己的手，而手中的硃砂筆正好補上鍾愛玉額頭上驅鬼符的最後一筆。

只聽見鍾愛玉發出痛苦的嘶吼聲，不斷扭動身軀，她感覺到自己的身軀正在焚燒，遠比當初的自殺更令人痛苦百倍，彷彿抽乾了她的一切，什麼都不剩……

慢慢地，鍾愛玉的鬼影分解成一顆顆細砂，在三人面前隨風而逝，完全不留痕跡，好似她從不曾出現過。

這是鍾愛玉最後的選擇，生前被關，她不要死後也被關，她情願煙消雲散……

「哎唷！不知道還來不來得及！」陰暗角落中，傳來百聽不厭的低沉嗓音。

依芳循著聲音來源一看，這時才發現自己怎會在醫院的地下停車場？難道從一開始她們就在這裡嗎？所謂的不存在空間是被製造出來的，其實他們一直在這裡？

不過依芳沒時間細想，就瞧見牆面貌出一抹挺拔的身影，玄罡擺脫以往的優雅和瀟灑，可說是相當匆忙地飄了進來。

不過依芳還沒來得及出聲，玄罡就先發現在角落中被綁得像串燒的琉璃和綠豆，玄罡也只不過用手一揮，他們身上的繩索竟然又變回一根筆毛。

「依芳，妳沒事吧？鍾愛玉呢？」玄罡一見到依芳就忙不迭地開口詢問。

依芳看玄罡滿身大汗的模樣，應該是千里迢迢趕來的，一想到這裡，她心裡就升起一股暖意。

「我沒事了。」依芳咧開嘴，開心地笑著，這副天真的模樣，實在很難與前幾分鐘的她聯想在一起。

已經掙脫的琉璃趕緊上前解釋：「鍾愛玉選擇自我了斷，依芳處於受控的狀態，基本上不構成傷害幽冥的罪名。」

一聽到琉璃的解釋，玄罡似乎鬆了一口氣，正當望向依芳的時刻，猛然一聲怒吼：「誰？是誰好大的膽子？是誰敢劃傷我妹妹的臉？？」

方才急著詢問進展，完全沒注意依芳的臉頰，一旦看清楚，火氣也跟著上來了。

玄罡一說完，周遭也開始瀰漫起黑色煙霧，就連原本柔順的黑髮也因為強烈的氣流而飄動起來，眼神也在瞬間變得銳利……

怎麼又來了？綠豆和琉璃不由得在心底哀號，這兩個果然是貨真價實的兄妹，騙不了人！

「玄罡！冷靜一點！這是皮肉傷，可以癒合！」綠豆趕緊上前安撫玄罡的怒火，剛才依芳這麼一鬧，已經快讓她嚇破膽了，她可不希望再來一次。

「臉是女孩子的生命，絕對不容許留下任何一道疤！就算只有一點點小瑕疵都不行！」怎料到玄罡的黑色煙霧越竄越高，也越來越猛烈，簡直快將玄罡的身影給吞噬……

「沒疤沒疤！」琉璃趕緊跳了出來，手中還高高舉起一個細長的小瓶子，「這是太白星君的仙藥，千年老字號，絕對不摻任何添加物的優質良藥，不但掛保證還做口碑，只要讓依芳擦一點，臉上所有細紋、雀斑、痘疤還是其他小瑕疵全都會消失！早晚各擦上一回的話，還能讓肌膚回到嬰兒時期的白裡透紅喔！這瓶藥可說是外傷良伴，保養首選，絕不是黑心貨！」

琉璃是常逛百貨公司，還是天庭也有設保養專櫃？怎麼她對於這種推銷臺詞這麼熟悉？搞得綠豆也想買一罐來用看看了。

聽到太白星君，玄罡的火氣才降了下來。太白星君的確以煉丹聞名，由他親手製作的仙藥是絕不可能有問題，這下子才將周遭的黑色煙霧全數收了起來。

見玄罡消了火氣，琉璃才鬆了一大口氣，慶幸還好當時偷偷摸了一小瓶仙藥，不然後果恐怕不堪設想。

「玄罡，你來的正好，我有很多事情想問！」綠豆一抓緊機會就趕緊發問，免得到時又求救無門。

「你一定知道周火旺是誰害死的對不對？經過這麼多事情，我發現和周火旺身上的雙頭蛇有關係，很多事情都指向藏鏡人，他和害死周火旺的人是不是有關係？他們口中的那個人，是不是同一個人？那個人到底是誰？」綠豆急著一口氣把問題問完，就怕來不及。

難得玄罡的臉上浮現少見的陰鬱，他抿著完美而性感的薄唇，不發一語，眼神中有著難以言喻的憂鬱。

「老哥，你真的知道？」看見玄罡臉色一變，依芳不由得繃緊神經，難道真有麻煩事找上門？

「陽間不知道的事，陰間沒有義務回答，萬一遇到什麼狀況也是命中注定，我不能插手逆轉天機。」玄罡迅速恢復了痞痞的笑容，「不過……如果真的想知道，燒三十億的銀紙我可以考慮考慮。」

又要錢?!綠豆和依芳哀號一聲，這男人隨便一開口就是天價，要在他身上獲得資源，遲早會傾家蕩產。

不過看他毫不在乎的神情，或許事情沒有想像中嚴重，只是自己嚇自己罷了。

「玄罡，你說不能插手逆轉天機，還不是事先請琉璃做好預防了？」只不過這天兵笨了一點，什麼預防也沒做好，綠豆在心中暗暗補上一句。

依芳一臉擔憂地望著玄罡，「人家不是說天機不可洩漏?而且你也說過我阿公一再交代你不准干預天機，逆轉時運……」

她非常擔心玄罡會因為自己而受到懲處，這種事是絕對不能開玩笑的！

玄罡則是無所謂地點燃憑空冒出的香菸，嘴邊又揚起吊兒郎當的淺笑。

「我沒有洩漏天機，也沒有干預！」玄罡緩緩地吐著煙圈，眼中有著迷濛的神采，「雖然我不否認自己的確有這個心，不過我才要干預而已，枉死城就發生動亂，非得回去處理不可，我請琉璃幫忙，她偏偏在重要的時刻要去顧丹爐。也就是說，運軌不是我們能輕易改變，即使是天兵或鬼差也是！依芳注定要遇到今天的劫難和變化，真正能改變命運的，還是自己的決定。」

「這麼說來，是依芳在最後一刻的善念救了她自己，也救了大家囉？」琉璃這時才恍然大悟，而玄罡則是微笑地點點頭。

「原來是這樣。」不知道為什麼，綠豆的語氣好像有那麼一點的氣急敗壞，「早知道就讓琉璃變成一隻流浪貓就好了，依芳對流浪貓有著無法抵抗的同情心……」

「我討厭貓！」琉璃想也不想地回嘴。

「我看是妳變不出來吧！」綠豆一臉不屑，「不是我愛說，妳到底有沒有從天兵訓練學校畢業？妳們畢業的條件未免太寬鬆了吧？」

「妳……妳……」琉璃臉紅脖子粗地一句話都回不了。

「好啦，琉璃真的已經很努力了！其實琉璃與依芳的家族有淵源，她也算得上是依芳的半個家人，所以她在趙元帥不在的期間，也特別照顧依芳。」玄罡像是在談論日常作息一樣稀鬆平常。

「半個家人？」依芳覺得太不可思議了，難怪她也知道自己是林大權的孫女，「琉璃，妳和我們家到底有什麼關係啊？」

「喔！」琉璃相當可愛而稚氣地搔搔頭，「我是妳阿公生前養的狗。」

她才一說完，綠豆和依芳面面相覷，兩人忍不住敷衍似地乾笑兩聲。

「這種爛梗很久以前就用過了，妳能不能換點新花樣，就算只是換幾句臺詞也好。」依芳忍不住打起哈欠，這樣的爛梗就和阿啪學猴子跳舞一樣無聊。

「天上也學陽間說冷笑話啊？真的有夠難笑，不過妳也算是繼阿啪之後第二個承認自己是畜生的傢伙，未免太過犧牲了。」

「我真的是一隻狗啦！」琉璃氣得嘟起嘴巴，隨即在原地轉了一圈，嚷著，「這就是我的原形，汪！汪！汪！」

依芳和綠豆不敢置信地盯著變身後的琉璃，根本無法相信自己的眼睛所看見的景象，尤其是綠豆。

「妳現在開什麼玩笑？妳的原形竟然是……一隻吉娃娃？」

看著在自己腳下活蹦亂跳的吉娃娃，還是迷你版的吉娃娃……她真的是天兵嗎？

「妳好歹也該是一隻德國狼犬吧！」現在綠豆終於知道為什麼她一點殺傷力都沒有了。

依芳疑惑地看向玄罡，只見玄罡一聲不吭地默默點頭，這麼說起來，琉璃的確是貨真價實的狗……還是特迷你的小型犬？

「那……妳不就和二郎神君旁邊的嘯天犬一樣了嗎？」依芳用看見外星人的詫異語氣這麼問。

只見琉璃不改小狗喜歡追著尾巴玩耍的遊戲，在原地不斷的轉圈圈外，還一邊汪汪叫個不停，「那怎麼可能？他可是名氣響叮噹的神犬，我是連幫他提鞋都不夠格的超級小兵，套句妳們凡間的話，在天庭我只不過是C咖，哪有辦法相提並論？」

琉璃雖然前身為動物，不過上蒼的仁慈卻是一率平等，不分身分地位或是種類，只是一但並列仙班就有階級之分，這點和陽間也差不多。

「那……妳只不過是一隻小不拉機的吉娃娃，為什麼可以變成天兵？」這一點實在令綠豆相當疑惑。

琉璃同情地看了綠豆一眼，「平常叫妳讀書就不好好讀，連這麼簡單的道理都不懂？妳沒聽說一人得道，雞犬升天嗎？犬就是狗，而我就是升天的那隻狗啊！」

真是好精闢的回答，真擔心不知哪天另外一隻雞也跳出來說他在天庭上位居要職！依芳和綠豆又是僵在原地，良久……良久……

碰！

又一聲巨響，依芳和綠豆不約而同地抖了好大一下，難不成現在又有什麼突發狀況？

是逃生門傳來的撞擊聲！

不過，就算現在天塌下來也不擔心，反正這邊有天兵和鬼差，說什麼也用不著擔心。綠豆的心中早已打好如意算盤，只是她餘光卻發現身邊的位置早就空空如也，那兩個沒義氣的傢伙竟然消失不見了！

碰！碰！

逃生門照理說不應該上鎖，沒道理打不開，況且是誰會在這種時間地點出現？

依芳和綠豆兩人僵在原地，一時之間還沒想到怎麼辦，逃生門已經被硬生生撞了開來。

一名身材英挺壯碩的男人狼狽地跟著撞了進來。

「孟子軍！」綠豆根本用不著仔細看，光是看他的身形和他的辦事方法，很快就可以聯想到他，「你怎會跑來這裡？」

「我一連好幾天打了電話妳都不接，只好親自來找妳了，護士宿舍的規定是男賓止步，我根本上不去，所以只好回地下室開車，但是電梯故障了，我只好走逃生梯……咦？應該是我問妳們怎會在這邊吧？這裡是一般停車場，又不是員工停車場。」

「一言難盡。」依芳完全不打算解釋，應該說她累得一個字都不想多說。

反觀綠豆卻紅了臉，扭捏的看了孟子軍一眼，一想到自己不接電話就讓他急著衝到醫院找她，不知道為什麼，她感覺自己好像病了，不然怎會心悸的這麼厲害？

「你……你……這麼急著找我做什麼？」綠豆的聲音難得有了那麼一點點小女生才有的嬌羞。

孟子軍不明白綠豆到底在臉紅什麼勁，她在發燒嗎？

「我是要跟妳說，鍾愛玉在精神病院裡自殺了！我記得妳們曾經說過她會邪術，怕她會對妳們不利，才急著想來跟妳們說這消息。」

上回跑到員工餐廳還被硬塞了一顆滷蛋，根本沒機會說話，後來他又臨時接了一件凶殺案，整天忙得焦頭爛額，根本沒時間跑醫院，偏偏綠豆死不接電話，後來傳簡訊告知還交代要回撥電話，結果一點消息也沒有，他又要命地沒有依芳的手機號碼。

「就為了這件事？」綠豆臉上潮紅迅速消退，原來這傢伙根本不是為了私事……

「不然呢？妳幹嘛這麼生氣啊。」一見到她有發飆的跡象，孟子軍竟然有點手忙腳亂，綠豆一下子不准他靠近，又不接電話，他到底做錯了什麼？

「你不懂啦！」綠豆挺直腰，氣呼呼地往逃生門方向走去。

「妳不說我哪懂？」孟子軍跟在她後面，急著釐清到底是什麼狀況，不明白為什麼女人這麼麻煩啊？

看著兩個漸行漸遠的身影，依芳忍不住竊笑起來，看樣子這兩人若真的要有一腿，還需要花上大把大把的時間。

尤其綠豆老是不按牌理出牌，很難捉摸……不！應該是無法捉摸，至於孟子軍也是大木頭一個，這兩個完全不同頻道的人，要有進展，真的很難……很難……

——《怪談病院PANIC!05》完

高寶書版集團
gobooks.com.tw

輕世代 FW295

怪談病院PANIC! 05

作　　者　小丑魚
繪　　者　炬太郎
編　　輯　林思妤
校　　對　任芸慧
美術編輯　彭裕芳
排　　版　彭立瑋

發 行 人　朱凱蕾
出　　版　英屬維京群島商高寶國際有限公司臺灣分公司
　　　　　Global Group Holdings, Ltd.
地　　址　臺北市內湖區洲子街88號3樓
網　　址　www.gobooks.com.tw
電　　話　(02) 27992788
電　　郵　readers@gobooks.com.tw（讀者服務部）
　　　　　pr@gobooks.com.tw（公關諮詢部）
傳　　真　出版部　(02) 27990909　行銷部 (02) 27993088
郵政劃撥　50404557
戶　　名　三日月書版股份有限公司
發　　行　三日月書版股份有限公司/Printed in Taiwan
初版日期　2018年12月

國家圖書館出版品預行編目(CIP)資料

怪談病院PANIC! / 小丑魚著.-- 初版. -- 臺北市：高寶國際, 2018.12-
冊；　公分. --

ISBN 978-986-361-612-2(第5冊：平裝)

857.7　　107004300

三日月書版

三日月書版

GOBOOKS
& SITAK
GROUP©

GOBOOKS
& SITAK
GROUP©